DEUX MAISONS POUR RIEN

DU MÊME AUTEUR
DANS LA MÊME COLLECTION

L'Enfant du Liban, 1986. Prix de l'Académie des Sciences morales et politiques 1987, Prix Saint-Exupéry/Valeurs Jeunesse 1987, Prix Francophonie 1987.
Traduit en anglais, italien et arabe.

Mon vagabond de la lune, 1988. « Mention spéciale » du Jury pour le Prix Saint-Exupéry/Valeurs Jeunesse 1988, Prix France-Liban 1988, Prix Lire-Élire 1989.
Traduit en italien et arabe.

AUX ÉDITIONS PIERRE TÉQUI

Kfar Sama, village du Liban, 1983. (Également en vente aux Éd. P. Téqui, une cassette C 60 *Kfar Sama,* réalisée avec le concours de Jean Piat et qui donne de larges extraits du livre : 82, rue Bonaparte - 75006 PARIS.) Traduit en anglais, allemand et arabe.

L'ensemble de l'œuvre littéraire et humanitaire du Père Labaky a reçu une « Mention spéciale » du Jury pour le Prix international des Droits de l'Homme décerné par *La Croix* en 1987 ; elle a été couronnée par l'Académie française en 1989, puis a reçu, en 1990, le Prix d'Action sociale décerné par l'Académie des Sciences Belles-Lettres et Arts de Lyon.

« LES ENFANTS DU FLEUVE » :

une collection qui fait connaître l'enfance
et la jeunesse meurtries de notre temps.

Consulter la liste des ouvrages de la même collection en fin de volume.

Père Mansour LABAKY

DEUX MAISONS POUR RIEN

Préface du Cardinal Gagnon

Collection « Les Enfants du Fleuve »
dirigée par Jean-Claude Didelot

FAYARD

PONTIFICIUM CONSILIUM
PRO FAMILIA

IL PRESIDENTE

00120 CITTÀ DEL VATICANO
le 1er novembre 1990

Il est des livres comme prières, qui nous retracent les chemins, trop souvent oubliés, qui nous mènent au Ciel. Il est des livres, limpides comme enfance, où seule la tendresse, puisée à même l'Évangile, énonce l'immensité d'un regard d'accueil.

J'ai lu avec admiration et reconnaissance les précédents ouvrages du Père Mansour Labaky : *Kfar Sama, l'Enfant du Liban, Mon vagabond de la lune.*

A partir de l'enfance blessée, l'auteur nous donne la limpide certitude que la tendresse est source de miracles et seule capable de rendre au monde l'espérance qu'il semble avoir désertée.

J'avais émis le souhait de préfacer son prochain livre. Humblement, il me l'a envoyé à Rome où je l'ai trouvé sur mon bureau, à mon retour du Canada. Je l'ai lu avec cette part d'enfance qui nous accompagne tout au long de notre vie et nous donne d'accéder aux mystères de Dieu, avec cette confiance qui ne doute jamais de l'Amour du Père. Et j'ai pleuré — est-il étrange de le dire ? — j'ai pleuré sur l'enfance saccagée et l'inconscience du monde qui répand ténèbres et mort, alors que Dieu a déposé en nous le grain de toutes ses moissons.

Étymologiquement, enfant « in-fans » signifie celui qui ne peut pas parler. Mais le Père Labaky, avec son incomparable poésie, lui donne voix et force pour dénoncer l'abandon des valeurs les plus essentielles à l'épanouissement de la vie et « défoncer les barricades du silence, de l'indifférence, des cécités volontaires, parce que la prospérité du monde repose sur la vente des armes, de la drogue, du martyre des enfants ».

Ce si beau livre du Père Labaky illustre, non une thèse abstraite, mais comme une vérité vécue, cette phrase lumineuse de Jean-Paul II soulignant que la famille reçoit aujourd'hui plus que jamais « la mission de garder, de révéler et de communiquer l'amour » (*Familiaris Consortio — 17*).

Si le synode de 1980, suivi du texte de synthèse *Familiaris Consortio* consacré à la famille, et développant les germes du Concile, a été une grâce, un don précieux de l'Esprit Saint pour l'Église, c'est à ce texte que j'ai souvent pensé en lisant le merveilleux récit du Père Labaky. Ce récit n'est-il pas à sa manière une véritable parabole sur la famille « communauté de vie et d'amour » telle que précisément définie par le Concile ?

On évoque souvent dans les médias, et combien mal, « la morale familiale » de l'Église, pour l'opposer aux aspirations émancipatrices de notre temps. Or, plus efficacement que toutes les réfutations théoriques, pourtant nécessaires, ce livre évoque la mystique de l'amour familial qui seul permet de comprendre la morale qui en découle.

Le climat d'individualisme, appellation plus moderne de l'égoïsme dans lequel nous baignons, a occulté non seulement le sens de la responsabilité dans l'amour entre l'homme et la femme (les termes d'époux et d'épouse ont la même racine que ce beau mot de responsabilité), mais il a fait perdre conscience à beaucoup de parents que donner la vie biologique n'est que le premier aspect de la paternité-maternité, et que celle-ci implique un don de soi qui dure tout le temps de cette longue gestation qu'est l'éducation.

« La sollicitude pour l'enfant, dès avant sa naissance, dès le premier moment de sa conception et, ensuite, au cours de son enfance et de son adolescence, est pour l'homme, la manière primordiale et fondamentale de vérifier sa relation à l'homme » (Jean-Paul II, Discours à l'ONU). Et le Père Labaky de préciser : « On ne crée pas, on n'attend pas, on ne porte pas un enfant seulement pendant neuf mois. On ne porte pas un enfant sans porter son âme. On crée, on attend, on porte le passé, le présent et le devenir de son enfant tous les jours de sa vie. On soigne son corps et on éveille son âme. On la façonne telle une main de potier enveloppée de ciel, de soleil et de toujours, jusqu'à lui donner achèvement d'ailes, et regard en débordement d'Éternité ».

Les parents d'Olivier aiment sans doute leur enfant à leur façon, mais ils ne l'aiment pas en lui-même, pour son bonheur à lui, car le premier bonheur d'un enfant est l'amour qui relie ses parents entre eux, autant que leur amour pour lui.

Si la vie biologique de l'enfant est la synthèse vivante de l'union des corps de ses parents, son être affectif, spirituel, a besoin, pour grandir et se développer avec bonheur, de l'unité de ses parents dans l'amour, et non d'être aimé dans « l'apartheid », séparément, par chacun d'entre eux.

Que de raisons invoquées pour dire la désunion, les désillusions, les démissions, les déchirements, les maisons éclatées ! « Et pourtant, dira Olivier, petit garçon tiraillé entre ses deux maisons pour rien, « les raisons ne sont pas multiples. Elles sont une, qui s'appelle manque d'amour. Nous, les enfants, nous savons, mais les parents ne veulent rien savoir. »

Olivier, physiquement présent au sein de sa famille, se sent étranger, tout comme ses parents sont devenus étrangers l'un à l'autre, faute aussi, sans doute, d'avoir jamais connu une réelle communication entre eux.

Olivier, exilé de l'amour, criera : « Je veux qu'ils me regardent. » En d'autres termes : je veux qu'ils m'aiment.

« L'homme ne peut vivre sans amour. Sa vie est privée de sens, s'il ne reçoit pas la révélation de l'amour » (*Redemptor Hominis*). Et le Père Labaky d'affirmer : « Le premier exil, le plus douloureux, le plus définitif, celui qui nous bannit de la terre et du ciel, c'est le regard aveugle des parents qui met les enfants dans le noir où leur appel n'est qu'angoisse dont ils ne trouvent jamais délivrance, parce que la nuit donne paupières closes, et silence, et solitude, et qu'aveugles à leur tour, ils ne peuvent trouver les chemins qui vont de l'ombre à la lumière. »

Il est rare de trouver un livre qui dise avec tant de clarté et de force les carences irréversibles que provoque la perte du sens sacré de la transmission de la vie. « Ô parents si peu là, regards aveugles recouvrant de nuit ces mendiants de tendresse que sont vos enfants, pourquoi les mettez-vous au monde sans leur donner la vie ? »

« Vous êtes sa mère », dit le Père Labaky à la

maman d'Olivier, « alors, je vous en prie, remettez-le au monde. »

La naissance doit déboucher sur une reconnaissance qui contient le mot naissance. N'est-ce pas l'enfantement par le cœur et le regard qui donne la Vie dans toute sa plénitude ?

« Quand l'Amour est là, dit le Père Labaky, il EST souverainement. »

Il EST, en effet, dans toutes les œuvres de ce troubadour de Dieu, ses conférences, ses chants, ses retraites, son action humanitaire, ses pérégrinations à travers le monde.

Il EST dans ce mouvement « Lo Tedhah — Ne crains pas » de totale remise entre les mains du Père, qu'il a fondé, que j'ai béni de tout mon cœur.

Il EST dans ses mains largement ouvertes qui donnent sans compter.

Je conseille vivement la lecture de ce livre, non seulement aux familles et aux éducateurs, mais à tous ceux qui sont convaincus que seul l'Amour sauvera le monde.

Édouard Cardinal GAGNON
Président du Conseil Pontifical
pour la Famille.

Introduction

L'Enfant du Liban, Mon Vagabond de la lune... Avec le Père Labaky, nous avons aimé les enfants d'une guerre qui ne disait pas son nom. Ambassadeur inlassable de ceux dont la voix s'étouffe de larmes, son chemin a croisé d'autres enfants, les nôtres. *Deux maisons pour rien* est né de ce choc. On s'attendait à la rencontre du malheur et du bonheur. C'est bien cela ! Mais bonheur et malheur s'inversent. Là-bas, on veut vivre, ici, on veut mourir. Dites-moi, est-ce à Beyrouth ou bien à Paris que les suicides de jeunes ont doublé en vingt ans ?

Le Père Labaky est délicatesse, charité, respect, amour : il est prêtre. Il nous aime. Il nous ménage. Sa manière : la tendresse, une transfusion de tendresse.

Je connais le secret de l'auteur, je sais pourquoi il nous touche. C'est qu'il est authentique. *L'Enfant du Liban*, le *Vagabond de la lune* existent, ils ont habité sa vie, pour eux il a prié, souffert, combattu. Ses livres ne sont que le trop plein de son cœur. Olivier existe, lui aussi, représentant pitoyable d'une enfance massacrée à notre porte, chez nous, nos propres enfants !

Au Liban comme en France, le bourreau porte un nom : idéologie. Là-bas comme ici, elle est légion, peut-être plus dangereuse chez nous, car plus insidieuse. Qu'elle lance des bombes, et on se terre d'instinct, qu'elle produise l'argent facile, l'hédonisme et nous voici, victimes consentantes, nous pressant pour trouver place dans le troupeau qui se hâte droit sur le précipice. Alors, les plus petits bousculés, piétinés, séparés de leur mère, chutent les premiers. J'entends les jérémiades : « La faute aux médias, à l'administration, à l'opinion publique, à la télévision, aux enseignants... » Que sais-je encore ? Certes ! Peuple assiégé, nous courons affolés, d'une urgence à l'autre, colmatant une brèche au moment même où dix nouvelles s'ouvrent sous la poussée. Alors, certains en viennent à trahir et invitent l'ennemi à festoyer en quelque casemate. D'autres courent aux remparts, montent au créneau, pétitionnent contre les émissions imbéciles, veillent aux lectures imposées aux adolescents, exigent que soit respectée la Convention internationale des Droits de l'Enfant, ferraillent contre les messageries pornographiques, en un mot, militent, indifférents aux moqueries, aux calomnies peut-être... Ceux-là, lorsqu'ils rentrent chez eux, harassés, blessés, c'est trop souvent pour trouver que l'adversaire, profitant de leur absence, a investi leur propre famille. La tentation devient grande, et c'est peut-être celle de la génération actuelle, de monter la garde autour des leurs, rassemblés dans un fortin où n'entrent pas les bruits du monde, et tant pis pour ceux-là qui frappent à la porte. Ainsi devient intolérante et xénophobe une société lorsqu'elle prend soudain conscience de la dérive des valeurs et que clignotent au tableau de bord les alarmes qui ont nom drogue, délinquance, sida, suicide, confusion des sexes, divorce...

C'est la ligne Maginot ! On en connaît l'efficacité !

Pourtant, il existe une arme absolue qui élimine d'un coup l'ennemi lorsqu'il présente les couleurs aimables de la facilité. Cette arme, c'est l'amour. Un Amour si grand, si total qu'il pulvérise toutes les contrefaçons, les ridiculise, les annule. Les enfants et ceux qui leur ressemblent en ont la prescience, même quand ils n'ont pas appris à le nommer. Oui, une société privée de son Dieu peut courir encore quelque temps sur son erre comme un navire dont on aurait stoppé les machines. Comme lui, il devient peu à peu le jouet d'éléments qui vont le jeter à sa perte. Ce qui est vrai des sociétés l'est aussi des familles et des personnes. Ainsi survivent dans un monde fou des familles priantes qui, en ouvrant leur porte, renforcent leur cohésion. L'ennemi s'acharne sur ces îlots d'amour. Qu'il arrive à ses fins, et c'est la croix, mais l'Amour demeure.

La collection des *Enfants du Fleuve* s'était fixé pour seule règle de donner la parole à l'enfance et à la jeunesse meurtries de notre temps, et à ceux qui essaient de lui venir en aide, sans opérer aucun choix a priori. Force est de constater que le diagnostic a émergé peu à peu d'un océan de larmes, d'injustices et de détresses.

La manière du Père Labaky, c'est la tendresse, mais c'est le même message. Je n'en vois plus d'autres possibles.

Jean-Claude DIDELOT
Président des « Enfants du Mékong »[1]

1. Association « Les Enfants du Mékong »,
5, rue de la Comète, 92600 ASNIERES
Parrainages d'enfants du Sud-Est asiatique
Minitel 3615 EPHATA * EDM

Blanc, le ciel de Paris, et blanc le vent cinglant de ce premier matin de décembre, qui me fige un instant au seuil d'Antenne 2, comme s'il me fallait m'arrêter là, et déposer, aux pieds givrés de l'hiver, ma cithare de troubadour.

Tout à l'heure, pourtant, je m'envole pour Nîmes. Encore un aéroport et ses heures trop précises, pour de lentes attentes en longues files devant les multiples guichets. Pour graver mon pays autour de la terre, il me faudrait des bottes de sept lieues.

« *Dis, n'es-tu pas fatigué de voyages ? demande Milad, mon vagabond de la lune, à chacun de mes retours. Dis, raconte-moi les pays et les couchers de soleil au-dessus des nuages. Quand je serai grand, je serai astrologue et astronaute. Je repérerai les plus belles étoiles et je t'y mènerai en fusée. Dis, quand aurons-nous la paix ?* »

« Dis, repars-tu pour longtemps ? demandent mes petits et mes grands. Dis, est-ce que tous les gens que tu rencontres aiment le Liban ? Dis, quand aurons-nous la paix ? »

La paix ! Je ferme les yeux et Paris glisse dans l'immobile, alors que me vient au cœur une saveur d'aurore sur une montagne aux courbes infiniment répétées, comme un chant de liberté...

Le chant de mon pays.

Votre chant, Milad, Karim, Lamia, Hala, Joumana, Fadi, Jad, Nassim... et vous tous, mes petits et mes grands que la guerre a dépouillés de tout, sauf d' « être ». Sans parents, sans villages, sans maisons, vos cœurs confiants au creux du mien me portent jusqu'aux confins du don, du pardon, de l'amour. Quand je parle du Liban, vous m'appelez comme une lumière. Vous êtes mon pays, la maison de mes retours, ma famille d'aujourd'hui et pour toujours. Je vous habite comme on habite l'espérance, parce qu'un seul de vos sourires peut lever le grain de six mille fêtes, pour encore six mille fois six mille ans d'histoire [1], contenue dans les seuls mots de foi et de liberté.

Tout à l'heure, à Antenne 2, avant l'enregistrement de « Figures », avec Jacques Chancel, j'ai gardé un long moment vos mains jointes entre les miennes, pour que jaillisse, ensuite, de mes paumes ouvertes, comme une musique qui accompagne une histoire, la paix que vos prières appellent.

Ai-je assez remercié Jacques Chancel pour son regard si pareil au vôtre : un regard comme onde sous un ciel de mai, qui vous done l'impressin d'être su par cœur, infiniment accueilli et aimé ?

Ce regard-là est voie lactée pour notre veille d'espérance, et je referme les yeux pour mieux rappeler la multitude de lampes magiques qui, de France, font écran à notre nuit et donnent à vos paupières, écrasées par l'indifférence et le silence du monde, frémissement de feuilles doucement effleurées de soleil.

1. Le Liban a six mille ans d'Histoire.

« Abouna, raconte-nous tes voyages. Raconte-nous les pays où il n'y a pas de guerre. Est-ce que les gens y sont heureux ? »

Mes voyages, c'est vous. Depuis mon ordination, mais surtout depuis le massacre de ma paisible paroisse, en janvier 1976, je parcours le monde pour parler du Liban, de sa foi, de sa générosité, de son ouverture, de sa liberté, de sa beauté, de ses enfants.

Aurais-je pu le faire sans l'éclat très sûr de votre tendresse qui donne à vos larmes reflets d'étoiles, et voix à mes lèvres pour appeler le miracle ? Depuis quinze ans qu'on nous assassine, je ne peux garder le silence. Chaque Libanais, à sa mesure, se doit d'empêcher l'hallali. Je n'ai d'autre moyen que de prier, écrire, chanter et parler. En Amérique, en Afrique, en Australie, en Europe, à la télévision, à la radio, dans les églises, les écoles, les pèlerinages et les congrès, je déroule le Liban comme l'écriture d'un poème, sur la page de votre espérance.

« Qu'as-tu fait pour ton pays ? Qu'as-tu fait pour les enfants blessés de ton pays ? » me demandera Dieu, à la porte du paradis.

Je voudrais pouvoir répondre que je vous ai aimés... aimés... aimés... tout simplement.

« *Dis, vois-tu beaucoup d'enfants en France ? Les aimes-tu autant que nous ?* »

Oui, j'en rencontre des myriades. Quand je leur parle de vous, ils ont six mille ans d'amour dans la gorge, et leurs doigts d'offrande vous dessinent des arbres ruisselants de vent en arpèges, et des fleurs aux corolles ébouriffées de soleil. Leur chant pour la paix frémit comme blé qui lève, et je les aime, oui, je les aime pour leurs rires en vacances de guerre et leur vouloir de tendresse plénière ; ô rêve de tous les enfants du monde, qui savent lier les mots sans voiler la vérité, et faire de la terre, morcelée par la haine, un pays de fraternité souveraine, où l'herbe, toute montante, toute légère, toute odorante, toute gonflée de rosée et de ciel, a couleur océane et murmure d'Alliance !

« Dis, Abouna, est-ce qu'en France tous les enfants sont heureux ? Ils doivent l'être, puisque la France est si belle et qu'ils n'ont pas la guerre. »

La France n'est pas seulement belle. Elle est royale. La parcourir, c'est feuilleter son histoire, illustrée de châteaux aux échos d'épopées, d'abbayes pleines d'heures grégoriennes, de villes à la mémoire en filigrane, infiniment régnante comme flèche de cathédrale, de bourgades hautes et fières comme monarques sur leurs palefrois, de villages infiniment sages, perpétuels rêveurs des bords de l'eau, et d'autres, grimpant jusqu'aux alpages, sur un air de clochettes, léger et fleurant bleu comme angélus des cimes.

Ah ! que j'aimerais vous montrer ses paysages, ses routes en voûtes de feuillage, longues et vagabondes, en bordure des moissons, lentes et méditantes quand passent les pèlerins, et ses bois, profonds et majestueux comme nefs de sanctuaires, où s'exalte, en coulées d'émeraudes et de miel, une lumière d'onde neuve, vivifiante comme pluie d'été au soir d'une longue marche.

Oui, la France est royale, mais les enfants n'y sont pas tous heureux. Dans tous les pays du monde, des enfants pleurent, des enfants meurent, des enfants sont assassinés. Le monde n'a jamais tant parlé des droits de l'enfant, et il ne les a jamais autant bafoués.

Mais pour les enfants mutilés, battus, violés, prostitués, condamnés à mort avant leur naissance par la faim, le sida ou la drogue, il nous faudrait un cri, immense comme leur douleur, profond comme leur abîme, pour dénoncer, et foncer, et défoncer les barricades du silence, de l'indifférence, des cécités volontaires, parce que la prospérité du monde repose sur la vente des armes, de la drogue, du martyre des enfants.

Au fur et à mesure que l'on dévoile le nombre d'enfants crucifiés, le seuil de la révolte recule. Quand on a pleuré sur cent, deux cents, mille petits fantômes, mille petits squelettes, sur les enfants d'Éthiopie, des boat people, du Liban, de Roumanie, de Tchernobyl..., on finit par s'éloigner sur la pointe du cœur, parce qu'il y en a trop et qu'on n'y peut rien ; trop, comme un raz de marée qui nous fait perdre cœur.

Et l'on oublie les regards, les prières, les gestes que l'on pourrait faire, parce qu'ils sont trop loin pour les recevoir.

Mais eux, qu'oublient-ils pour échapper à leur calvaire ?

Et ceux qui sont tout près. Ceux qu'on a mis au monde sous son propre toit, ceux qu'on s'offre comme des gadgets qui fascinent sur l'heure, mais qui très vite encombrent ?

Il m'est arrivé de surprendre : « Nous attendons un enfant. C'est un accident. Nous nous demandons s'il faut le garder. » En d'autres termes : « Nous nous demandons s'il faut le tuer. »

Comment donne-t-on la vie par accident ? On glisse, on se casse une jambe par accident. Mais la vie n'est jamais un accident. Même donnée à notre insu ou à notre corps défendant, elle est filiation du souffle de Dieu, par nous, en nous. Elle donne une âme en même temps qu'un corps. Nous mettons au monde une âme dont le corps est la maison.

Qui sommes-nous pour ainsi faire et défaire, pour ainsi créer et tuer ?

Il m'est arrivé d'entendre : « J'ai des ennuis, je ne peux, par-dessus le marché, assumer mes enfants. »

« Mais alors, pourquoi m'ont-ils mis au monde ? » m'a demandé Olivier.

Ô Milad, Nassim, Fadi, Joumana... vous pleurez parce que vous n'avez plus de parents, et d'autres enfants pleurent, et d'autres enfants meurent, à cause de leurs parents.

« Ils se disputent, et c'est nous qui défilons chez les psychologues », m'a dit Olivier.

« Ils se marient pour le meilleur et pour le pire, mais à la moindre secousse, ils se tapent dessus, et c'est nous qui mourons, exactement comme dans une vraie guerre », m'a dit Nayla.

« Une famille, ce n'est pas forcément le bonheur. A la maison, c'est pire que la guerre dans notre pays », m'a encore dit Nayla.

Non, une famille, ce n'est pas toujours le paradis. C'est parfois l'enfer où les querelles éclatent, détruisent, pulvérisent comme des bombes. Et comme dans toutes les guerres, les innocents n'ont pas voix au chapitre.

« Sa famille, on ne la choisit pas. Moi, je n'aurais jamais, jamais choisi la mienne », m'a crié Florent.

« Sa famille, on ne la choisit pas », m'est-il arrivé de dire, avec une immense tristesse. Sa famille, on l'aime infiniment ou on la subit comme une flagellation. On ploie sous son joug comme sous une croix de plomb. Et les haines couvées dans le sein d'une famille font plus de victimes qu'une guerre d'extermination.

Ô Dieu, que font Tes créatures de Ta tendresse, alors que Tu as remis, en leurs âmes et leurs corps, Ton pouvoir de Créateur ? Si nous savions aimer nos enfants comme Tu nous aimes, nous leur donnerions racines au plus profond de la tendresse et feuillages au plus près du ciel, pour déverser du plus haut, du plus lumineux, du plus divin, leur abondance de fruits, de fleurs, de vie, d'amour.

« Et tous ceux qui nous écrivent, Abouna[1], *tous ceux qui prient pour le Liban, tous ceux qui nous offrent les grains de blé de leurs sacrifices, ou chantent pour que nous n'ayons plus peur, tous ceux-là que tu appelles " lampes magiques ", comment leur dire que nous les aimons ?* »

Vous le leur dites par votre refus de la guerre et vos mains jointes dans les abris. Un jour, nous tracerons leurs noms sur nos banderoles de fêtes et sur les livres d'or de notre pays en paix. Aujourd'hui, je ne peux que retracer, en profonde reconnaissance, mon itinéraire de conférences et de rencontres, dans ces villes de France où lèvent tant de rondes fraternelles... Paris, Versailles, Nice, Saint-Cloud, Strasbourg, Bordeaux, Arcachon, Bitche, Sarreguemines, Lille, Aix-les-Bains, Cholet, Rennes, Laval, Dinan, Toulouse, Saint-Léger, Saint-Méen, Ramatuelle, Dijon, Brives, Agen, Parisot, Espalion, Rodez, Montauban, Albi, Besançon, Cluses, Angers, Craon, Lorient, Metz, Nancy, Lunéville, Nîmes, Uzès, Carcas-

1. Abouna : « mon Père » en s'adressant au prêtre.

sonne, Lectoure, Auch, Seilh, Rueil-Malmaison, Pontmain, La Roche-sur-Yon, Orléans, Rouen, Caen, Douvres-la-Délivrande, Tigery, Erquy, Condé-sur-Noireau, Lisieux, Lourdes, Paray-le-Monial, Pontmain, Créteil, Toulon, Bourg-en-Bresse, Fontgombault, Parthenay, Amailloux, Saint-Wandrille, Solesmes, Saint-Brieuc, Le Barroux, Pradines, St Jodard, Périgueux...

Nommer chaque lieu, c'est évoquer des milliers de visages et de sourires, d'accueil, de don, d'élan vibrant comme Largo de Bach sous les voûtes de Notre-Dame, grandiose comme envol de flamants sur les étangs de Camargue.

Dans toutes ces villes, j'ai rencontré des parents de lumière et, par conséquent, des enfants de lumière.

Leur sourire en mon cœur, à côté du vôtre, Milad, Nassim, Leyla... m'appelle comme de la lumière. Avec vous, ils me portent jusqu'au cœur de Dieu.

Sur ma table de travail, une croix tout en grains de blé de leurs sacrifices, ronds comme hosties, pleins comme ciboires, appelle ma prière. Je joins les mains et ferme les yeux. Là-bas, dans mon pays, c'est l'heure des étoiles. Où êtes-vous, enfants de Dieu, enfants de mon âme, dans quelle maison, dans quel abri ?

Où que vous soyez, vous tenez ma plume, et par la grâce de votre écriture, j'étoile mes pages de tendresse.

Et parce que j'ai l'enfance au bout de mes doigts, je dessine, en corolles majuscules, une procession de prières, sur un chemin d'azur.

*

En France, j'ai également rencontré des pères et des mères qui, malgré « un conjoint qui déraille », comme dit Olivier, savent garder leurs enfants dans la lumière. A ceux-là, je livre quelques chapitres de votre histoire, Nayla, Marwan et Olivier, tout en laissant dans l'ombre les raisons de l'éclatement de vos familles.

Les raisons sont toujours multiples, mais elles engendrent, chez tous les enfants, le même désarroi, la même angoisse, le même désert où nulle saison ne chante.

« Tu te trompes, me dira Olivier, les raisons ne sont pas multiples. Elles sont une, qui s'appelle manque d'amour. Nous, les enfants, nous savons.

Mais eux ne veulent rien savoir. Si, il y a une chose qu'ils savent faire : s'étonner quand on décide de mourir, mais ça change quoi ? ».

*

Ce jour-là, je parlais devant un parterre d'enfants, dans une école de France. Je parlais de la façon d'être enfants de Dieu, de la prière, de la Vierge et du Liban.

Ils m'écoutaient comme seuls les enfants savent le faire, autant avec leurs oreilles qu'avec leurs lèvres entrouvertes, et leurs regards comme perles d'eau, reflétant toutes les nuances des cieux.

Parler de Dieu à des enfants est pur délice. Leur acquiescement est battement d'ailes au-dessus d'une immense conscience d'amour, et j'accueillais, ébloui, les regards de ces petits princes, lorsque le tien, Nayla, fit vaciller ma phrase.

J'esquissai, sans plus réfléchir, un geste de la main. Tu me répondis « non » en secouant la tête de bas en haut, à la manière de chez nous, et je sus que tu étais libanaise.

Ah ! l'éloquence des gestes de chez nous. Nous

parlâmes ainsi pendant quelques secondes et tu te mis à pleurer.

Près de toi, Aline. Sa main sur ton épaule disait toute l'amitié du monde. Elle rapprocha sa tête de la tienne et je pensai aux drapeaux français et libanais entrelacés que nous dessinent les enfants de France, et que nous recevons avec tant d'émerveillement et de reconnaissance.

C'est cela, l'abolition des frontières, le refus de la guerre, l'amour d'autant plus fécond qu'il fait, des différences, tremplin de force, d'enrichissement, d'ouverture. Être profondément français et garder la France profondément française, être profondément libanais et garder le Liban profondément libanais, être profondément de l'un ou l'autre continent, mais l'être ensemble, c'est cela qui nous rend profondément universels.

Les pays meurent quand leurs enfants ne les portent plus à bout d'amour, de foi, d'espérance, de poèmes et de fierté, de traditions et d'essor.

Tu m'attendais sous l'auvent de la porte d'entrée. Il pleuvait à verse et les passants se hâtaient sous leurs parapluies. Je regardai le ciel, sombrement grandiose dans les flaques d'eau et je pensai à mon vagabond de la lune : « *Pfft ! tu m'imagines sous un parapluie ? Le déluge, c'est ça qui m'aurait enchanté ! De l'eau sous l'arche, de l'eau sur l'arche, de l'eau tout autour, je me demande si Noé appréciait.*

— *Dis donc, grenouille, on ne peut vivre uniquement dans l'eau.*

— *Oh ! j'aime autant le soleil et tu le sais. Ne fais pas toujours semblant de ne rien comprendre. Et j'aime autant le vent. J'aime tout, voilà ! Mais le déluge, c'est le ciel et la terre confondus. On ne sait pas si on est dans les nuages, dans la mer ou sur la plage. On flotte, quoi !* »

« Encore un peu, on va flotter, me dis-tu comme en écho, le front et les yeux cachés par le capuchon de ton anorak.

— Tu aimes la pluie ?

— Ça m'est égal. La pluie, le soleil... ça m'est égal.

— Ton amie est partie ?

— Aline ? Ses parents l'attendaient. Je m'appelle Nayla. Je rentre par le car.

— Je peux te raccompagner ?

— Oui, sourit-elle. Je pensais bien que tu me le proposerais.

— Depuis quand es-tu en France ?

— Depuis quatre mois.

— Tu as la nostalgie ?

— Oui, à cause du jasmin de notre jardin. C'est l'hiver, chez nous aussi, et il doit avoir pleuré toutes ses fleurs. »

Comme avec Milad, je me gardai bien de solliciter une explication. Les enfants révèlent tant de choses par allégorie.

« Il n'en sera que plus beau au printemps, remarquai-je.

— De toute façon, répondit-elle, je ne le verrai pas. On ne retournera pas de sitôt au Liban. Je hais la guerre. »

Combien de Libanais m'avaient crié leur haine de la guerre ? Je me sentis soudain immensément las et sur le point de pleurer, comme ce ciel d'hiver, comme le jasmin de Nayla dans son jardin, comme tous les enfants du Liban.

Mais Nayla dégagea sa tête de son capuchon et murmura :

« Il ne suffit pas que des enfants meurent par la

guerre, les maladies et la faim ? Dis, pourquoi ceux qui sont supposés tout avoir : une maison, des parents et la paix, dis, pourquoi sont-ils amenés à se tuer ? »

Mon cœur manqua un battement et je cherchai rapidement une place où me garer.

« Ne t'arrête pas, protesta Nayla. Je n'ai rien dit, c'était juste une réflexion. Tu sais, parfois on dit des choses sans savoir pourquoi.

— Non. Tu es assez grande pour savoir ce que tu dis.

— Non ! cria-t-elle. Je ne suis pas assez grande. Je n'ai que douze ans. Parfois j'ai l'impression, surtout depuis une semaine, d'avoir cent ans. Et parfois je voudrais n'avoir que deux ans et ne jamais grandir.

— De quels enfants parlais-tu ?

— Je ne parlais de personne.

— De quels enfants parlais-tu, Nayla ? Pas de toi n'est-ce pas ? Toi, tu rêves de retourner au Liban et de retrouver ton jasmin. De qui parlais-tu ? »

Elle aspira profondément et finit par avouer :

« C'est vrai, je rêve de retourner chez nous. Je parlais d'Olivier et de Marwan. »

Je ne posai plus de questions. Une fois de plus, l'enfance m'agrippait le cœur et j'eus peur.

Je venais de parler à un groupe d'écoliers. Combien d'entre eux étaient dans le soleil ? Combien d'entre eux oscillaient au bord de la nuit ? Tous, à la sortie, me dirent des choses belles, avec des rires légers comme pour mettre en sourdine ce qui là, gravement, leur échappait, devant cet inconnu qui riait avec eux, après leur avoir si gravement parlé de Dieu.

Ah ! déchiffrer ces rires ou ces mots qui se pressent sur leurs lèvres sans se faire entendre, et dégringolent, résignés, dans la plainte silencieuse du cœur.

Ils semblaient tous heureux. Ils avaient une maison, des parents, la paix.

Et je me demandais : Qu'est-ce qu'une maison, qu'est-ce que des parents, qu'est-ce que la paix ?

Qu'est-ce que tout cela que, de pays en pays, de conférences en rencontres, je réclame pour l'enfance errante ?

Qu'est-ce que tout cela sans une immensité d'amour ?

★

Faute de place libre, je me garai en double file et attendis patiemment que Nayla se décidât à poursuivre.

« C'est le déluge, dit-elle enfin. Chez nous, on parle de déluge de bombes. Je hais la guerre. Marwan, c'est mon frère. Olivier est son copain. Il est à l'hôpital, dans le coma.

— Quel âge ont-ils ?

— Ils ont neuf ans tous les deux. »

Seigneur, priai-je, pourquoi, pourquoi, pourquoi ? On croit toucher le fond de la détresse avec les enfants des guerres, de la drogue, du sida, du travail forcé ou de la prostitution, et puis...

« Où est Marwan ? demandai-je, soudain alarmé.

— Il doit rôder autour de l'hôpital. Il y passe tout son temps libre. J'y vais avec lui, mais aujourd'hui, nous devions te rencontrer.

— Tes parents, que disent-ils ?

— Ils ne savent rien. Je ne peux rien leur dire, surtout que Marwan... enfin... Marwan leur dit qu'il est chez Olivier, parce qu'il a un jardin et que c'est plus agréable que la rue pour jouer.

— Et quand il pleut comme aujourd'hui ?

— On invente autre chose et ils nous croient. Ils nous croient parce que ça les arrange.

— Et toi, où es-tu supposée être, à part aujourd'hui ?

— Chez Aline. Mes parents l'aiment beaucoup.

— Et Aline ?

— Aline ? Elle n'a pas besoin de mentir. C'est pourquoi je ne lui ai rien raconté, elle le dirait à ses parents. »

Je lui pris la main et demandai doucement :

« Pourquoi m'as-tu attendu ? »

Elle éclata en sanglots et balbutia :

« Parce que tu viens de chez nous. Parce que je dois parler à quelqu'un. Parce qu'Olivier est à l'hôpital et que Marwan a bien failli y être aussi. Il a perdu la tête et je ne peux plus lui parler. Oh ! et puis, attends, je vais tout te dire. »

*

Où s'était-il caché, ce bonheur tout de rires et d'élans, léger comme ces voyages tracés d'un doigt rêveur sur une mappemonde, qui vous montre d'un seul coup tous les bouts du monde ?

Vers quel ailleurs de fête s'était-il envolé pour ne plus voir Nayla pleurer ?

Malgré la guerre, malgré la peur, il ne l'avait jamais quittée. Il était venu avec elle, du Liban, pour installer ses rires dans cet appartement de Paris à peine plus grand que la salle de séjour dans leur maison libanaise.

Avec lui, Nayla ne se sentait pas en exil. Il ressemblait tant au jasmin en pluie de nacre sur l'allée de son jardin. Il en avait l'exubérance et ce parfum pulpeux et fondant comme nuit d'août sous les étoiles d'Orient.

Il avait pour nom Papa, Maman, Marwan et Rania.

Papa et Maman rêveurs, comme absents, tout au long du voyage.

Marwan, ébloui par les lumières de Paris :

« Regardez, mais regardez comme c'est beau ! On dirait un feu d'artifice qui ne fond pas dans le ciel.

— Cesse de t'extasier, s'impatientait Nayla. Toutes les villes se ressemblent.

— Mais je n'ai jamais vu une si grande ville, et si belle. Je n'ai jamais vu tant de lumières. J'ai l'impression d'en avoir partout, dans les yeux, les oreilles et la bouche. Et regarde les flots de voitures et de passants. Et regarde les magasins, toujours, toujours ouverts, tu te rends compte ? On pourra jouer dehors et dormir tranquillement dans nos lits. On pourra allumer toutes les lumières et ne plus jamais être dans le noir. On pourra acheter tout ce qu'on voudra, quand on voudra. On pourra... on pourra... on pourra... »

Rania, pas plus haute que trois figues, les mains sur les oreilles au moindre claquement de porte.

« Il n'y a pas de guerre ici, Rania. Tu n'as plus à avoir peur.

— Ah ! elle est partie, la guerre ?

— Non, c'est nous qui sommes partis. Nous sommes en France, à Paris.

— C'est quoi la France ? C'est où la France ?

— Tu sais bien, nous avons pris le bateau, puis l'avion.

— On a seulement changé de maison.

— Non, on a changé de pays.

— Et l'autre maison, c'est plus notre maison ? Et l'autre pays, c'est plus notre pays ? Et Geddo et Téta [1], ils ne sont plus à nous ? Et le soleil, c'est plus le même soleil ? C'est plus... c'est plus... c'est plus... »

*

Quitter le Liban, quitter la guerre n'avait pas fait pleurer Nayla. Pendant des semaines, elle n'avait plus pensé à sa vie, là-bas, ni à sa maison, ni à ses amis, ni à son école. Elle laissait les comparaisons nostalgiques à Marwan qui ne jubilait plus « on pourra », mais épelait ses souvenirs comme on pèle des fruits précieusement gardés dans sa musette pour une traversée du désert :

« Aujourd'hui, les moineaux ont picoré la moitié des prunes de notre jardin. Ils en ont de la chance !

— Ce n'est pas la saison des prunes, rétorquait Nayla. De plus, aujourd'hui, il y a eu des centaines

1. Geddo et Téta = grand-père et grand-mère.

de bombes, de morts et de blessés. Nous avons de la chance d'être loin.

— D'accord ! Les moineaux ont de la chance et nous aussi.

— On peut acheter des prunes, ici.

— Oh ! ce n'est pas tant les prunes. Je regrette ma bicyclette, mes livres et mes amis.

— Mes, mes, mes... Pense à ceux qui ont tout perdu.

— J'y pense, mais ce n'est pas de notre faute si nous n'avons rien perdu et que nous sommes ici. Et puis, ce n'est pas tant mes livres et mes amis. J'ai envie d'une vraie nuit.

— Qu'est-ce que tu appelles une vraie nuit ?

— Une nuit silencieuse avec des étoiles et un clair de lune. Ici, on a des clairs de réverbères. Le ciel est voilé par les reflets de Paris et le bruit des voitures m'empêche de vraiment rêver.

— Et le bruit des bombes, alors ?

— La guerre finira un jour. Et puis, ce n'est pas tant les nuits que je regrette. Je voudrais grandir dans mon pays.

— Tu parles sérieusement ? Tu sautais de joie à ton arrivée à Paris. Tu ne voulais plus entendre parler de la guerre, et donc du Liban. C'est l'école qui t'a changé à ce point ?

— L'école a repris, là-bas. Si nous étions restés... Dis, aimes-tu l'école, ici ? Est-ce qu'on te pose beaucoup de questions ? Est-ce qu'on te dit que tu encombres et que tu ferais mieux de rentrer dans ton pays de terroristes ? Est-ce que c'est l'école qui te tracasse ? C'est pour cela que tu pleures, la nuit ?

— Non. À l'école comme partout ailleurs, il y a des gens qui ne sont qu'accueil, et d'autres qui ne cherchent qu'à blesser. Je crois que les élèves répètent ce qu'ils entendent chez eux. Beaucoup sont très gentils. Et après tout, nous sommes étrangers. Non, ce n'est pas l'école qui me tracasse.

— Alors, risqua Marwan, c'est nos parents ? »

Cette question, enfouie au plus profond de sa peur, lui avait échappé comme un oiseau longtemps emprisonné dans une cage obscure et que la lumière affole.

Nayla lui lança un regard furibond :

« Tais-toi ! Nos parents sont comme avant. Tu entends ? Ils sont comme avant. Ils ne changeront jamais. Il n'y a pas de raison.

— Alors, c'est peut-être nous qui changeons ?

— Il n'y a pas de raison, non plus.

— Alors, pourquoi pleures-tu ? Pourquoi est-ce que je pense tant au Liban ? »

« Pourquoi est-ce que je pense tant au jasmin ? » se demanda Nayla.

*

Ce fut la voix de Rania qui la réveilla, une voix tremblante qui appelait du fond d'un cauchemar : « Maman, j'ai peur. »

Nayla se leva dans l'obscurité et se coula auprès de sa petite sœur.

« Là, là, dit-elle, n'y pense plus. Tu sais bien que ce n'est qu'un rêve.

— Ce n'est pas un rêve, hoquetait Rania. C'est des bombes, écoute ! »

Nayla alluma la lampe de chevet et sourit :

« C'est chaque fois pareil. Quand réaliseras-tu que nous ne sommes plus au Liban ? Nous sommes dans un pays en paix. Nous sommes en France. Écoute bien : entends-tu encore des bombes ?

— Non, reconnut Rania. Mais reste près de moi, j'ai encore peur.

— Dors, dit Nayla. Maman sera là à ton réveil, je te le promets. Dors maintenant. »

Elle berça un moment sa petite sœur, puis elle sortit de la chambre. Elle ne comprenait pas cette persistance des cauchemars de Rania. Elle n'avait qu'un désir : oublier les déluges de feu et vivre intensément la paix. Mais elle ne pouvait s'empêcher de penser à tous ceux qui n'avaient d'autre choix que de continuer à vivre dans l'enfer. Comme Marwan, elle se sentait coupable et supportait mal les réflexions que des gens bien intentionnés leur lançaient avec tant d'inconscience.

Il y avait de la lumière dans le salon. Qui veillait encore à cette heure ?

« *J'avais peur, me dit-elle. Je ne sais pourquoi j'avais si peur. C'était peut-être le silence... Comment t'expliquer ? Comme un silence de solitude. La maison me parut soudain vide.* »

Nayla s'approcha sur la pointe des pieds et aperçut sa mère, prostrée dans un fauteuil, un livre ouvert sur les genoux. Mais elle ne lisait pas. Elle pleurait sans bruit, comme un enfant isolé dans son chagrin, qui ne songe plus à cacher son visage.

Il y avait un monde entre pressentir une souffrance et la surprendre à la pointe de l'aube, près de l'abat-jour qui évasait un cercle si doux de lumière, et gardait, jusque dans la grisaille du petit matin, l'ambre chaud des veillées en famille, de ces heures où l'on rassemble la tendresse, comme on recueille l'eau d'une source dans le creux de ses mains, pour l'emporter dans son sommeil et rêver à cet irréel de bonheur qui avait pour nom Papa, Maman, Marwan et Rania.

Maman qui pleurait, non plus de tendresse pour ses enfants, mais de rupture entre elle et Papa, c'était la fin de l'enfance et la plongée glacée dans la guerre des parents, ces parents qu'on croyait unis depuis toujours et pour toujours.

La guerre au Liban ne lui avait rien pris ou si peu de son enfance. Bien sûr, elle avait eu horriblement peur. Bien sûr, ils avaient tous failli mourir des dizaines de fois. Mais lorsqu'avec Marwan et Rania, agenouillés entre Papa et Maman, ils priaient pour que cesse cette folie meurtrière, la paix devenait certitude. Et lorsque, avec Marwan et Rania, ils s'endormaient entre Papa et Maman, dans l'inconfort de l'abri, ils rêvaient de jardins et de colombes dans un ciel où plus jamais ne siffleraient les obus.

Au Liban, entre Papa et Maman qui joignaient leurs mains à celles de leurs enfants, les rêves chassaient le cauchemar de la guerre. Mais ici...

« Maman », hurlait Rania dans son sommeil.

« Liban », appelait Marwan dans son sommeil.

Il en rêvait toutes les nuits, quand il ne faisait pas cet incompréhensible cauchemar d'Olivier noyé dans la Seine.

Et moi, se dit-elle, pourquoi les souvenirs des jours heureux tourbillonnent-ils dans mes rêves comme fleurs de jasmin au vent d'automne ?

Pourquoi m'écorchent-ils le cœur ?

Ce sont les gens malheureux qui pleurent sur leurs souvenirs. Ou les vieux. Moi, je n'ai que douze ans et je suis heureuse. J'ai deux maisons, une au Liban et une à Paris, et des parents qui s'aiment.

Et Maman pleure.

Qu'ont-ils laissé, au Liban, qui les change à ce point ? Ou qu'ont-ils emmené avec eux dont ils ne peuvent se débarrasser ?

Et qu'est-ce qui fait qu'un temps on s'aime et qu'ensuite on ne s'aime plus ?

Nayla s'approcha de sa mère et se lova contre elle.

« C'est Papa ? » demanda-t-elle doucement.

Mais elle ne voulait pas entendre la réponse. Des réflexions de ses camarades, à l'école, lui revenaient avec une clarté qui lui faisait cligner le cœur.

Delphine : « Ma mère, je la déteste. C'est à cause d'elle que Papa est parti. »

Nadine : « Moi, c'est le contraire. Mon père est un irresponsable de première. »

Sabine : « Moi, ça m'arrange. Pour l'instant, je vis avec ma mère. Quand elle me refuse quelque chose, je le réclame à mon père. Il culpabilise, vous comprenez ? Alors il compense en cédant. »

Florence : « Chez moi, il suffit que l'un dise non pour que l'autre dise oui. Quand j'ai désobéi, ils se renvoient les responsabilités par-dessus ma tête et ils en oublient de me gronder. »

Et chez moi, se demanda Nayla, qui a raison et qui a tort ? S'ils se séparent, chez qui vivrons-nous ? Peut-on en rire, comme Sabine, Nadine et d'autres ? Non, ces filles crânaient, sûrement. Et Olivier qui voulait s'enfuir.

Une famille, c'était une famille, une et indissoluble. Quand les parents se séparaient, ils écartelaient leurs enfants, même si, en apparence, ils s'accommodaient des demi-familles. La demi-famille de Papa, d'un côté, et celle de Maman, de l'autre, qui devenaient de vraies familles pour les demi-frères, jusqu'à ce qu'elles se scindent à leur tour.

Nayla se serra contre sa mère. Elle aurait voulu lui dire :

« Maman, je t'aime. Ne pleure plus. »

Elle aurait voulu lui dire :

« Maman, nous t'aimons, mais nous aimons aussi Papa. Ne nous écartelez pas entre vous deux. »

Mais elle ne dit rien, parce que la main de sa mère, sur son épaule, n'était qu'absence, et Nayla réalisa soudain qu'une main, comme un regard, avait un langage ou des silences qui ne trompaient pas.

Les mains de sa mère ne parlaient plus, alors qu'hier... quand était-ce... la semaine d'avant... l'année dernière ?... elles se plaisaient à la happer au passage pour lui dire qu'elles étaient là en permanence, semeuses d'apaisement et de fêtes.

Une seule caresse, un seul lissage de ses cheveux, et elles lui ouvraient les pays sans fin de la tendresse.

Tant qu'elles avaient été là, la guerre, en dépit de sa rage meurtrière, était demeurée en retrait de ce sanctuaire de paix qu'était leur famille, barque royale glissant sur des mers de certitudes, où l'enfance, plus tard, retrace ses voyages d'un doigt précis, quels que soient les courants menaçant de la faire chavirer.

« Je veux qu'ils me regardent », réclamait Olivier.

Était-ce donc tout ce qui lui manquait pour se sentir présence accomplie ?

« Un jour, se dit-elle, Maman reviendra de ses absences, parce qu'avec Papa ils nous regarderont de nouveau ensemble. Oui, il suffirait qu'ensemble ils nous prennent par la main. Alors, je rangerai mes souvenirs comme on range une armoire, mes bonheurs sur des sachets de lavande et mes peurs dans des tiroirs fermés à clef. »

« Maman, dit-elle, c'est bientôt l'heure du réveil. Peux-tu t'occuper de Rania ? Je me charge du petit déjeuner. »

★

Pourquoi avaient-ils quitté le Liban ? Leur maison, là-bas, en gardait-elle à jamais le secret ?

Nayla se souvenait de leurs retours à l'école, lorsque la guerre s'octroyait des vacances. Les heures reprenaient leur place et leur juste durée sur le cadran des jours qui ne tournaient plus à l'envers, mais dont on savourait chaque instant comme une grâce retrouvée.

Maman les accompagnait jusqu'à la voiture, son sourire teinté d'anxiété, parce qu'on ne savait jamais dans quel coin s'embusquait la guerre, ni à quel moment elle se déchaînerait.

Papa, non moins anxieux, non moins souriant, la rassurait :

« Ne t'inquiète pas, ô femme, au premier obus, je laisse tout et je te les ramène. Donne-nous ta bénédiction et ta sérénité.

— Que Dieu vous accompagne et vous fasse revenir dans la paix », disait invariablement

Maman, en traçant des signes de croix sur leurs fronts.

Le bonheur, malgré l'incertitude, Maman aux aguets du silence, psalmodiant ses tâches quotidiennes, pour imprégner la maison de prières et, ainsi, la préserver de tout mal.

Bien avant trois heures, tout était prêt : la maison rangée, la table accueillante, le déjeuner babillant à feu doux, et Maman s'accordait « cinq minutes de recueillement en son âme », ainsi qu'elle le disait si joliment, cinq minutes hors du temps, pour remonter le temps et découvrir chaque jour plus profond que ce qui traçait son histoire, ce n'étaient ni les jours, ni les mots, ni les gestes par lesquels elle croyait se connaître, et connaître sa maisonnée, mais l'intense présence des siens en elle qui la remplissait toute et devant laquelle tout reculait, jusqu'à l'insidieux désespoir que cette trop longue guerre distillait dans les cœurs.

A trois heures moins cinq, Maman éteignait le feu sous les casseroles et ouvrait la porte d'entrée. Son mari aimait cette porte grande ouverte, signe indubitable, se plaisait-il à chantonner, de l'accueil impatient de sa femme. Les enfants n'y attachaient encore aucun symbole particulier, sinon que l'accès de la maison leur était plus rapide.

A trois heures, l'ordre et le silence s'écroulaient sous l'avalanche de Nayla et Marwan, remuants, bruyants et affamés, ayant tout l'air de surgir d'une longue séquestration, doublée d'inaction et de jeûne forcés, tandis que Papa, le soleil autour duquel toute la maisonnée et, s'il fallait l'en croire, le monde entier tournaient, faisait une entrée éclatante et triomphale, comme il se devait pour l'astre des lieux.

« Hou ! hou ! hou ! claironnait-il sur trois notes, je suis là ! », l'air de dire que, maintenant qu'il était là, sa femme et sa maison pouvaient enfin respirer allégrement.

Et Maman respirait à fond, s'armant, non pas de courage (elle en avait à revendre), mais de fermeté. C'est que tous agissaient comme si elle n'avait rien eu d'autre à faire, de toute la matinée, que de languir dans l'attente de leur retour.

Mais Papa disait encore : « Tu vois comme je pense à toi ? Je t'ai fait le marché. Tout ça pour que ma fleur ne se fatigue pas. »

Et Maman riait de bon cœur. Vraiment, son soleil était irrésistible avec ses deux sacs miniatures sous les bras. Pouvait-elle lui dire qu'au seul rythme de deux sacs de fruits par jour, il y a longtemps que son petit monde souffrirait de malnutrition ?

A Paris, Maman ne leur ouvrait plus la porte. Leur rythme de vie ne s'y prêtait pas. Nayla et Marwan emportaient des sandwiches, car ils n'avaient guère le temps de rentrer pour le déjeuner, et Papa travaillait tard.

Il ne restait que les dimanches où ils se regroupaient autour de la table, comme devant une cheminée sans feu, s'appliquant à réveiller la joyeuse complicité familiale qui devenait lointaine comme une légende, comme ce Liban qu'ils chantaient encore, sur une musique dont les accords se dépouillaient de leur résonance.

Au Liban, ils n'étaient jamais seuls, ni le dimanche ni la plupart des autres jours. Entre les parents, les voisins et les amis, les enfants voguaient sur un fleuve d'amour qui reflétait encore plus de lumière lorsqu'il pleuvait des obus.

Pleuvoir des obus, déluge d'obus, y avait-il expressions plus justes pour dire la rage de la guerre ?

Il pleuvait des obus. Il pleuvait la mort. Mais que la tendresse avait goût de plénitude, qu'elle énonçait la durée, et que le Liban était fabuleux à chanter, fabuleux comme ses cèdres que Nayla et Marwan n'avaient jamais vus, mais dont ils connaissaient par cœur la majesté, la force et la pérennité.

*

Étrange comme les choses qu'on n'a jamais connues peuvent graver, en nous, de chemins et d'indices, de rappels et de nostalgie.

De leur pays en guerre, Nayla et Marwan ne connaissaient pourtant que leur ville, entre la mer et les montagnes, et quelques villages d'alentour, où les fêtes, tapies dans les mémoires, rêvaient de cloches et de zajal[1], de dabkés[2] sous les pins au chant de cigales, de mains en alliance pour des semailles fécondes, et de paix, toutes portes ouvertes, portes des cœurs et des maisons, portes sans clefs pour un fabuleux accueil, pour un fabuleux partage, pour le bleu des matins privilégiés de lumière, pour l'or des midis où seul le soleil

1. *Zajal :* sorte de joute poétique dialectale improvisée, chantée, rythmée et rimée, entre deux ou plusieurs partenaires. Au Liban, le zajal est la poésie populaire par excellence.
2. *Dabké :* danse folklorique libanaise.

règne, pour les soirs de prières en reconnaissance d'étoiles, pour la danse des flocons sur les champs en méditation hiémale... pour un regard en source où Dieu met son appel.

Du Liban d'autrefois, terre de hautes saisons et de largesses, Nayla et Marwan ne connaissaient pas la splendeur. Et pourtant, c'est ce Liban-là, immense et glorieux, qu'ils portaient gravé en leur être.

De ce Liban, hier terre d'asile, aujourd'hui port tourné vers l'exil, ils ne voulaient savoir que la foi et l'espérance, ils ne voulaient savoir que la vie, et ils l'avaient emporté, dans leur maison de France, pour en faire le lieu de leur permanence et lui retracer, jour après jour, par la seule magie de leur persévérance, la mémoire perdue du cantique de ses cimes.

Mais avec les larmes de sa mère et la tristesse de son père, Nayla accueillit l'exil avec, dans le cœur, une senteur de jasmin, et dans le souvenir, un Liban qui se faisait lointain comme une légende.

« Pourquoi avons-nous quitté le Liban ? demanda-t-elle à ses parents.

— A cause de la guerre. A cause de vos études, répondit Papa.

— Mais, insista Nayla, beaucoup de Libanais refusent de partir. Ils sont chez eux, là-bas, malgré la guerre. Ici, nous ne sommes pas chez nous.

— On peut se sentir chez soi n'importe où », murmura Maman.

Oui, avec le bonheur, se dit Nayla.

*

Pour se sentir chez soi n'importe où, il faut d'abord prendre racine, non pas dans une terre, mais dans une tendresse, une foi, une certitude.

Le premier exil, le plus douloureux, le plus définitif, celui qui nous bannit de la terre et du ciel, c'est le regard aveugle des parents qui met les enfants dans le noir, où leur appel n'est qu'angoisse dont ils ne trouvent jamais délivrance, parce que la nuit donne paupières closes, et silence, et solitude, et qu'aveugles à leur tour, ils ne peuvent trouver les chemins qui vont de l'ombre à la lumière.

« Que la lumière soit ! » dit Dieu en créant le monde.

Et la lumière fut.

« Que l'Amour soit ! » devraient dire les parents en créant leurs enfants.

Et la lumière restera sur le monde.

*

Rania vint au monde dans la cave où ils se terraient depuis six jours, à la lueur des bougies qui projetaient d'étranges arabesques sur les murs gris.

Les femmes formaient paravent autour de Maman qui serrait les dents pour ne pas effrayer les enfants. Papa les entourait de ses bras. « Prions, disait-il, prions très fort, c'est tout ce que nous pouvons faire pour l'aider.

— Elle va mourir ? demanda Marwan, tremblant comme chaton sous l'averse.

— Non, dit Papa. Elle va me donner une troisième petite merveille. Elle va nous donner un petit miracle. Elle va nous donner un enfant. »

La nuit n'en finissait plus de pleuvoir des bombes. Les transistors dénombraient les morts, les blessés et les incendies. De temps en temps, une sirène insinuait sa plainte stridente entre les explosions. Et, tout à coup, une femme chanta :

« C'est une fille. Elle est belle comme sa mère. Toutes deux sont fraîches comme la rosée, qu'Allah en soit loué et les garde dans sa paix. »

Papa s'approcha de sa femme comme un enfant devant une crèche. Il balbutiait sa reconnaissance au ciel tout en baisant les mains de Maman, et Nayla eut conscience d'un mystère qui la comblait de paix. C'était si beau cette naissance, alors que tout, à l'extérieur, ne parlait que de mort. La joie de Papa, celle des parents et des voisins qui les félicitaient et formaient mille vœux autour du petit paquet vagissant, leurs ombres immenses dansant sur les murs, c'était irréel et en même temps si plein de bonheur et de futur.

Ce fut cette nuit-là, avec le premier cri de sa petite sœur, que Nayla prit conscience de la vie. Jamais elle n'avait été si profondément, si pleinement à l'écoute d'un souffle, à l'écoute d'une voix.

« Rania criait, me dit-elle, et c'était comme si déjà elle refusait la guerre, comme si elle voulait imposer silence aux obus. Papa l'a prise dans ses bras et il a dit :

« N'aie pas peur, mon âme. Il n'y a pas que la guerre dans le monde. Il y a tant de belles choses. Et avant tout, il y a nous, ta maman, Nayla, Marwan et moi. Avant tout, il y a ta famille. Demain, quand ce vacarme cessera, nous t'emmènerons dans notre royaume et nous t'offrirons le bonheur. »

« Notre royaume, c'était notre maison. Toute ma vie j'entendrai le premier cri de ma petite sœur et les mots de Papa. Maman s'était endormie et j'ai demandé si je pouvais porter Rania. " Elle est toute neuve, m'a dit Papa. Comment avons-nous fait pour vivre sans elle, jusqu'à aujourd'hui ? — Tu l'aimes déjà tant, Papa ? — Je l'aime depuis la seconde où j'ai su que ta maman et moi lui avions donné souffle. Elle est une fleur de nous deux, comprends-tu ? Vous êtes le miracle de notre amour. Vous êtes ce que nous avons de plus beau et de plus précieux au monde. Vous êtes notre paix. Notre maison pourrait crouler sous les bombes que cela n'y changerait rien. Vous êtes notre véritable maison. "

« Voilà ce que nous étions pour eux : maison, paix, miracle et bonheur. Il n'y avait pas que la guerre au monde. Il y avait tout cet amour qui me paraissait plus fort que toutes les guerres du monde. Et maintenant...

« Dis-moi, Abouna, qu'est-ce qui fait qu'un temps on s'aime et qu'ensuite on ne s'aime plus ? »

*

« Allons voir Marwan, proposai-je. A quelle heure devez-vous rentrer à la maison ?

— Entre cinq et six heures. Le samedi, nous n'avons pas d'heure, en fait. Au Liban, l'école, les congés, la famille, les amis, la messe, les prières, les jeux faisaient partie d'un tout. Du moins quand ça ne bombardait pas. Je ne sais pas comment t'expliquer, mais ici, j'ai l'impression que chaque chose est à part, la maison d'un côté, Olivier et Marwan d'un autre, Aline et moi encore d'un autre, l'école complètement coupée du reste, je ne me sens pas bien et j'ai honte de le dire, parce que rien ne va vraiment mal. Parfois, je pensais que je me faisais des idées, que les choses n'étaient pas aussi compliquées que je le croyais. Et puis Olivier... Tous les morts de la guerre, chez nous, n'ont pas autant bouleversé Marwan que le coup d'Olivier. Les médecins disent qu'ils ont l'impression qu'il ne veut pas se réveiller. Dis, pourquoi des enfants qui ont tout, une maison, des parents, la paix, dis, pourquoi sont-ils amenés à se tuer ? »

Sa voix se brisa en pleurs et je fus tenté de m'arrêter une nouvelle fois en double file, mais la circulation, lente et dense à cause de la pluie, m'en empêcha. Il valait mieux rejoindre Marwan au plus tôt. Et Olivier, si cela était possible. Olivier, petit enfant sourd et aveugle, dans le grand vide du coma ; petit enfant sans voix pour appeler et sans repères pour dépasser la nuit ; petit enfant dont le silence me transperçait le cœur.

« Raconte-moi Olivier, demandai-je comme une prière.

— Olivier ? En réalité, s'étonna-t-elle, je ne le connais pas. Je le voyais tous les jours, mais je ne le connais pas. C'est-à-dire que nous n'échangions que des phrases ordinaires. Il était toujours pressé de filer avec Marwan. »

Elle eut un rire triste et enchaîna :

« Il se moquait de moi. Il disait cérémonieusement, avec une petite révérence : “ Salut, frangine ! Permettez-moi d'emprunter votre mouton. Je ne le tondrai pas, je vous le jure. ” Marwan ne se vexait même pas, et je préférais encore cette façon de parler à son vocabulaire ordinaire. Je me demandais souvent si c'était du français. Quelle différence avec Aline ! Non, je ne connais pas Olivier. Marwan parle très peu de lui, et c'est de ma faute. Je lui ai dit que je n'approuvais pas cette amitié, parce qu'elle m'inquiétait. Tout ce que je sais, c'est que les parents d'Olivier sont divorcés et remariés. Mais de là à vouloir mourir... Il n'est pas le seul enfant à souffrir du désaccord de ses parents. Il doit y avoir autre chose. »

Elle frissonna et dit d'une voix étonnée :

« Je croyais qu'il n'y avait rien de plus terrible que la guerre. Tu sais, la mort suspendue au-dessus de nous, tout le temps. Nous avions peur, mais nous connaissions la paix. Nous la connaissions dans notre cœur. C'est maintenant que je réalise que nous la connaissions. Et c'est maintenant que je réalise qu'Olivier n'a jamais connu la paix. Il ne parlait pas encore que déjà ses parents remplissaient leur maison de disputes. Pourquoi s'est-il accroché à Marwan ? Ils sont si différents tous les deux. Les premières semaines, j'ai essayé de les surveiller. Marwan apprenait trop de choses, trop vite, et cela m'affolait. Mais il me répétait que, tôt ou tard, il valait mieux savoir et ne pas être débile devant les réalités. C'est certainement un raisonnement d'Olivier. Débile, c'était son mot pour mettre fin à toutes discussions. Mais Marwan m'a juré qu'il ne faisait rien de mal. Il découvrait le monde du métro et des gares, les mendiants, les drogués, les travestis, la prostitution sous toutes ses formes. Je sais que cela existe dans le monde entier, mais pour moi, et Aline le pense aussi, tout cela est trop étalé, comme si c'était aussi normal que les choses propres et belles. Chez nous, il y a la guerre et toutes ses conséquences, mais à la maison, dans les abris, à l'école et même sur les routes, nous, les enfants, nous nous sentions plus protégés. »

Protégés de quoi, pensai-je tristement, des bombes, de la misère, de la surabondance ou de la notion faussée des droits de tout un chacun, de la liberté de tout un chacun, qui normalise toutes les déviations, toutes les guerres, toutes les manipulations d'âmes et de corps ?

La gravité, ce n'est pas tant la forme que revêt la destruction. L'abolition des valeurs, la permissivité à outrance, au nom de la liberté, la démission des parents, au nom de la liberté, sont aussi meurtrières que des trombes d'obus.

La gravité, c'est la mort imposée, ne fût-ce qu'à une seule âme, ne fût-ce qu'à un seul être.

La gravité, c'est l'assassinat de l'Amour.

Nous étions pris dans un embouteillage et je regardai ma montre.

« Déjà midi, remarquai-je. Nous aurions dû arriver depuis longtemps.

— Seulement midi ? soupira Nayla. Depuis qu'Olivier est à l'hôpital, je trouve que les heures n'en finissent plus de passer. Exactement comme dans les abris.

— Depuis quand est-il à l'hôpital ?

— Depuis trois jours. Une éternité. Mais je ne pense pas qu'il va mourir. Je ne le sens pas, comprends-tu ? J'espère de tout mon cœur qu'il va se réveiller, mais il en met du temps, Dieu qu'il en met du temps ! Si seulement il pouvait nous entendre.

— Et Marwan, que pense-t-il ? Que sent-il ?

— Il crie chaque fois que je lui en parle. Il hurle : “ Tais-toi, tu ne peux pas comprendre. Si moi je n'ai pas compris, personne d'autre ne le peut. Il me disait tout, et je n'ai pas compris. ”

— Se voyaient-ils souvent ?

— Ils passaient toutes leurs récréations et tous leurs samedis ensemble. Pour la première fois de sa vie, Marwan s'ennuyait à la maison. Nous avons quitté le Liban avec le strict nécessaire. Aussi nous n'avions ni livres, ni cassettes de musique, ni jeux. Nous avons pris la fuite sous les bombes, comprends-tu ? Il faut du temps pour se refaire une bibliothèque, et nous avons si peu d'amis. D'un autre côté, Marwan devenait de plus en plus sage. Il ne réclamait jamais rien. Un petit garçon calme et souriant, toujours content de tout, cela rassurait nos parents. Ils ne se rendaient pas compte que Marwan était ailleurs et que sa tranquillité lui évitait les questions. Papa et Maman auraient bien voulu connaître Olivier et ses parents, mais ils n'osaient pas leur téléphoner, de peur de les gêner. En France, les parents ne vont pas les uns chez les autres uniquement parce que les enfants se connaissent. Les parents ont leurs amis, et les enfants ont les leurs. C'est deux mondes différents qui ne se rencontrent pas, à moins que les parents ne soient déjà amis. »

Elle rêva un moment, pelotonnée sur son siège comme devant une cheminée, mais elle frissonnait.

« J'ai froid, dit-elle, mais je suis contente d'être avec toi et de te parler dans notre langue. Ça me fait croire que nous nous connaissons depuis toujours. Le prêtre de notre paroisse, au Liban, était si proche de nous. Nous pouvions tout lui dire. Si j'étais au Liban, je lui aurais demandé de venir voir mes parents. Tu pourrais venir à la maison ?

— Oui, dis-je. Certainement. Mais avant, je voudrais voir Marwan.

— On y est presque. Dis, je vois que tu as beaucoup de cassettes. Voudrais-tu me mettre un peu de musique ?

— Quel genre ? demandai-je. Je n'ai que du classique et des chants spirituels.

— Du classique. Aline aime le classique. Elle suit des cours de piano.

— Choisis, proposai-je. Tout est là, devant toi.

— Si tu as du Mozart, j'aime particulièrement. C'est si... comment dire... c'est clair et coulant comme une source. »

Elle « coula » dans la musique comme dans une onde fraîche. Son souffle se fit ample et régulier et je la crus endormie, mais elle se redressa et dit :

« J'ai peur. J'ai beau croire qu'Olivier va se réveiller, je meurs de peur. Un enfant ne doit pas savoir ce que c'est que de se supprimer. Non, il ne savait pas ce qu'il faisait. Dis-moi qu'il ne le savait pas. C'est trop... terrible. Peut-être qu'il s'est pris à son propre jeu. Peut-être qu'il était pris dans une grande colère qu'il ne pouvait plus contrôler. Peut-être qu'il...

— Calme-toi, dis-je doucement. Calme-toi. Es-tu sûre que ce n'était pas un accident ? Comment avez-vous appris qu'il était à l'hôpital ?

— Avant de... avant de se jeter sous une voiture, il a envoyé un mot à Marwan, mais quand il l'a reçu, c'était trop tard.

— As-tu lu ce mot ?

— Non. Marwan refuse de me le donner. Je te l'ai dit, je ne peux plus lui parler, il ne m'entend plus. Et les choses sont allées trop loin pour que je puisse maintenant, d'un seul coup, tout raconter à nos parents. »

Mille questions me venaient aux lèvres, mais je ne les formulai pas. Autant il m'arrive d'inciter les adultes à plus de précision, autant, face aux enfants, je me plie au rythme de leur confiance. Ils savent quand votre silence est tout écoute, et leurs mots viennent comme appelés par le halo d'une lampe. Ils s'ouvrent et exhalent jusqu'aux remuements les plus imperceptibles de ce qui les habite de bonheur ou de souffrance, et surtout... encore et toujours... de tendresse.

Nous atteignions l'hôpital et je ralentis. Tout anxieux que j'étais de rencontrer Marwan et, par lui, Olivier, il me fallait donner un peu plus de temps à Nayla.

« J'éteins la musique », dit-elle doucement, comme elle aurait soufflé sa bougie avant d'accueillir le sommeil.

Mais elle se tourna vers moi et se fit véhémente :

« J'ai peur, j'ai peur, j'ai peur ! J'ai peur pour Olivier et j'ai peur pour nous. Tout est tellement différent ici. Maman disait qu'avec Papa, nous étions sa force et sa plénitude. J'aimais ces mots bien avant de les comprendre. Mais il faut croire qu'une partie de la famille est plus forte que nous.

— Que veux-tu dire par là ?

— Je ne sais pas, je n'en suis pas sûre. Ils ne se disputent pas devant nous. Ils se taisent et c'est pire, parce qu'ils nous rendent muets. »

Elle baissa la tête et avoua, confuse :

« Je... j'écoute à leur porte. Je ne peux m'en empêcher. Nous avons le droit de savoir. Depuis que j'ai surpris les larmes de Maman, j'écoute à leur porte. C'est la nuit qu'ils se querellent. Mais un jour Papa a reçu une longue lettre du Liban, une lettre d'au moins dix pages qu'il ne finissait plus de lire, comme s'il avait peur de relever la tête et de rencontrer le regard de Maman. A la fin, il est rentré dans leur chambre et Maman n'a pas attendu la fin de notre repas pour l'y rejoindre. Ils ont élevé la voix tout de suite. Marwan était absent et je me disais que c'était tant mieux. Maman ne demandait plus où il traînait. En réalité, elle le croyait chez Olivier, ce petit infirme que Marwan aimait tant, non pas à cause de son infirmité, mais parce qu'il était un véritable ami. C'est cela qui rassurait mes parents : cette amitié qui rendait deux enfants heureux.

— Olivier est infirme ? demandai-je surpris.

— Oh, non ! Ce n'était qu'un mensonge de plus. Tu comprends pourquoi il nous est difficile de parler maintenant ? Je ne sais pas comment nous avons pu nous empêtrer dans toutes ces histoires. Mais, ce jour-là, Marwan est rentré plus tôt que prévu et... »

« Tu écoutes aux portes, maintenant ? s'indigna Marwan.

— Chut ! fit Nayla. Cette fois, c'est l'orage.

— Ils crient, pleurait Rania, accrochée à la jupe de sa sœur. Ils crient et j'ai peur. Je veux aller au Liban. »

Nayla la prit dans ses bras et l'emporta dans leur chambre.

« Ferme la porte, dit-elle à son frère, et ne pleure pas devant Rania. Nous devons la protéger.

— Je n'y peux rien, sanglotait Marwan. Ils vont

se séparer. Et nous, avec lequel des deux allons-nous vivre ? Et où allons-nous rester, en France ou au Liban ? Peut-être qu'ils nous largueront dans une pension et, comme Olivier, nous aurons deux maisons pour rien.

— Tais-toi, ordonna Nayla. Ne dis rien devant Rania.

— Je ne veux pas me taire, hurla Marwan. Tu sais ce qui se passe et tu ne le dis pas.

— Je veux aller au Liban maintenant, hoqueta Rania. Ils crient, ils vont tout casser.

— C'est déjà fait, assura Marwan. Reste à savoir qui te gardera.

— Je veux rester avec Nayla, dit Rania.

— C'est ça ! rétorqua Marwan. Tu sais qu'elle ne te quittera pas. Il n'y a que les parents qui se fichent de quitter leurs enfants. Ils disent : “ Sois raisonnable, nous t'aimons, mais nous devons nous en aller, nous ne pouvons faire autrement. ” Ils ne peuvent jamais faire autrement, et c'est nous qui devons être raisonnables.

— Qu'en sais-tu ? demanda Nayla.

— C'est ce qu'Olivier entend depuis qu'il est né. Sois raisonnable, ton papa va te quitter. Sois raisonnable, ta maman va te quitter. Sois raisonnable, nous allons nous remarier. Sois raisonnable, tu seras mieux chez tes grands-parents qui vivent à neuf cents kilomètres d'ici. Ce n'est pas loin et ils t'aiment tant. Et nous, depuis qu'ils ont décidé de quitter le Liban, combien de fois nous ont-ils demandé de comprendre des choses qu'ils n'expliquent pas ? »

C'est étrange, pensa Nayla. Quand les parents demandent aux enfants d'être raisonnables avec un air absent qui se veut toute compréhension, c'est toujours pour annoncer une catastrophe.

« Sois raisonnable, je vais te briser le cœur. »

Que vient faire la raison, là-dedans, alors que la douleur n'atteint pas l'intelligence, mais fait mouche en plein dans le cœur et vous fait tanguer comme une barque qui heurte un iceberg avant de s'engloutir dans les glaces de l'absence ?

Nayla berça sa petite sœur comme elle aurait aimé que sa mère la berce. Elle se sentait aussi petite, aussi désarmée, aussi perdue. Elle aurait voulu des bras autour de son corps glacé, des mots de tendresse autour de son cœur tremblant.

C'était donc cela, un tremblement de cœur ?

Elle coucha sa petite sœur, la borda, lui toucha

le front avec une révolte qui frayait son chemin jusqu'au bout de ses doigts caressants.

« Je ne suis pas sa mère, se répétait-elle. C'est à elle de la rassurer. Mais peut-on bercer une douleur dont on est la cause ? »

« Nayla ! » appela Rania dans son sommeil.

Depuis quand me substitue-t-elle à Maman ? pleura Nayla. Depuis quand sait-elle que le « oui, mon âme » de Maman n'est plus le même ?

« Oui, mon âme, dit-elle. Oui, je suis là. Dors, je ne te quitterai pas.

— Et maintenant qu'elle dort, cria Marwan, je peux parler ?

— Chut, ne la réveille pas !

— C'est drôle, chuchota Marwan, en disant cela, tu as l'air d'une maman. Tu ressembles à Maman. Dis, elle n'a pas vraiment changé ? Dis, ça arrive à tout le monde de se disputer. Ça ne peut pas toujours être grave ?

— C'est grave quand la rancune devient permanente.

— C'est parce qu'ils sont en France ?

— Non, c'est une des raisons pour lesquelles nous avons quitté le Liban. Ils pensaient que les choses seraient plus simples, ici. Une famille, ce n'est pas forcément le bonheur. Tu sais combien la famille de Papa l'accapare, combien il est noyé par eux.

— Non, je ne le savais pas, dit Marwan. Geddo et Téta sont les plus merveilleux grands-parents de la terre. Ils nous aiment. Ils n'arrêtaient pas de pleurer, quand nous avons décidé de partir.

— Ce n'est pas eux. Ce sont les frères et sœurs de Papa. Souvent, il se sent obligé de les faire passer avant nous. Nous ne pouvons faire de projets qu'ils ne démolissent par un appel pressant et Papa pense qu'il n'a pas le droit de se dérober.

— Ce n'est pas juste. Ils sont adultes et nous ne sommes que des enfants.

— C'est ce que dit Maman.

— Ils ne pourraient pas en discuter sans se disputer ?

— Ce n'est pas possible, tant que Papa se sent responsable à ce point. Maman dit qu'il a trop bon cœur, que les autres en profitent et lui font prendre leurs caprices pour des nécessités.

— Maman ne peut pas être plus patiente ?

— Nous ne savons pas tout. Qui sait par quoi ils sont passés avant d'en arriver là ?

— Et nous, qu'est-ce que nous pouvons faire ?

— Je ne sais pas, dit Nayla. Je ne sais pas du tout. »

*

« J'ai trop parlé, dit-elle, et je m'en excuse. En même temps, je t'en remercie. Tout à l'heure, je t'ai dit que j'avais l'impression de te connaître depuis toujours. En fait, ce n'est pas seulement une impression. Nous te connaissons par tes chants et tes causeries à la radio. Mes parents seront heureux de te rencontrer et ça facilitera les choses. Je n'aurais jamais cru qu'un jour je leur mentirais. Et d'ailleurs, je n'aurais jamais imaginé qu'un jour, ils s'opposeraient de cette manière. Nous nous sentons très isolés et, sans Aline, j'aurais pleuré nuit et jour.

— C'est ta seule amie ici ?

— Oui, la seule. Tu sais comment nous vivons, au Liban. Les portes sont toujours ouvertes, nous avons mille amis, nous allons les uns chez les autres et dans toutes les maisons nous nous sentons chez nous. Ici, tu peux habiter des mois sans savoir qui est ton voisin.

— Paris est une grande ville. Chacun a son travail, ses préoccupations, ses amis...

— Je sais. N'empêche qu'on a l'impression que chaque famille est une île inaccessible. Chez Aline, ce n'est pas la même chose. Aline, c'est mon jasmin du Liban. Sa famille, c'est mon jardin du Liban. Ils sont tous merveilleux.

— Sais-tu qu'il y a des centaines de milliers de familles comme celle d'Aline, en France ? Quand elles nous accueillent, ce n'est pas du bout des lèvres. C'est du plus profond de leur cœur. Leur tendresse est aussi immense que la nôtre.

— Je sais, répéta-t-elle. J'aime la France, tu ne peux savoir combien. Elle est magnifique, et il y a tant de possibilités de s'épanouir et d'aller très loin, très profond dans le beau. Ici, il n'y a pas de limites, pas de barrages, tout est ouvert. Avec Aline, nous avons visité le musée Rodin et celui du Louvre, Notre-Dame de Paris, les Invalides, le Panthéon et l'Opéra. Nous projetons d'aller au concert et au théâtre, de visiter des tas d'endroits. Tout est beau, ici : les monuments, les parcs, les jardins... Paris est une ville sans limites. Que reste-t-il de notre patrimoine, au Liban ? Nous ne connaissons notre pays que par des images, et c'est triste. Mes parents disent que le Liban n'est plus qu'une nostalgie, et que, pour les enfants de la guerre, il n'est même pas une mémoire. Il est vrai que lorsque nous parlons du Liban, nous avons l'impression d'évoquer deux pays différents, le leur et le nôtre. Et pourtant, je ne sais comment t'expliquer... c'est le Liban de nos parents, ce pays que nous n'avons pas connu et ne connaîtrons sans doute jamais, que nous décrivons tous dans nos poèmes. »

« Ô Liban, toi notre plus beau rêve... », écrivaient les enfants de ma paroisse, les enfants de mon collège, les enfants de nos villes et villages, de nos plaines et montagnes, des abris et de la peur.

Ô Liban, je ferme les yeux et je vois tes cimes, d'où s'élancent nos cèdres.

Je vois Byblos, vaisseau ancré au cœur du temps, au cœur de l'écriture, et dont l'histoire, aujourd'hui, a rompu les amarres.

Je vois Tyr, aujourd'hui blanche comme regard sans rêve, au bord d'une plage sans horizon.

Je vois tes collines et tes sources, en clapotis de soleil, jusqu'à l'éblouissement.

Je vois ta foi vivante, ta douceur, ta liberté retrouvée, instaurée comme un règne.

Je vois...

Mais près de moi, une petite fille murmure son rêve, et j'ouvre les yeux.

J'ouvre les yeux et je vois la guerre, abîme sans fond, pour un poème blessé à mort.

Ô Liban, es-tu devenu cet impalpable que tes enfants, ceux de ta gloire et ceux venus de trop loin, venus de ta blessure, ne peuvent plus voir que paupières closes ?

« C'est une sensation étrange que d'avoir la nostalgie d'un pays irréel, disait Nayla. Quand nous étions là-bas, la France nous paraissait plus accessible que nos montagnes. J'aime la France. Je l'ai toujours aimée. Au début, Marwan et moi nous y sommes sentis un peu chez nous. Nous n'avons pas eu peur du changement d'école, puisque nous avons les mêmes programmes, les mêmes livres de lecture, de grammaire, d'histoire, de mathématiques... les mêmes poésies. La seule différence, c'est que nous avons les programmes d'arabe en plus. Marwan et moi avons un très bon niveau de français, et c'est une chance. Mais nous entendons beaucoup de réflexions et nous n'osons pas les répéter à nos parents. Ils en entendent assez de leur côté.

— Je sais, dis-je. Certains d'entre nous dérangent par leur manière de vivre. Ils donnent trop une apparence d'insouciance.

— Et après ? dit-elle vivement. Personne ne sait ce que nous ressentons au fond de nos cœurs. Il y a plein d'étrangers en France. Il y a plein de réfugiés. Il y a plein de gens qui viennent d'autres pays en guerre. Personne ne leur reproche de vouloir respirer en paix. Au contraire, tout le monde s'attendrit. Mais nous, on nous montre du doigt. On dit : “ Regardez ces égoïstes ! Ils n'ont pas honte de s'amuser alors que leurs compatriotes sont sous les bombes ? Avec ça, ils demandent qu'on les aide. ” N'avons-nous pas le droit de vivre normalement ? Les jeunes, et même les vieux, n'ont-ils pas le droit d'oublier de temps en temps quinze ans de peur ? Tous les Libanais qui vivent à l'étranger aident leurs familles. Seulement, ils ne le crient pas sur les toits. Comme si la misère n'existait que chez nous. Partout, il y a des différences choquantes. Mes parents disent qu'au moins, il n'y a pas de Libanais mendiants. Nous travaillons et nous n'avons pas de complexes parce que nous désirons, nous aimons vivre.

— Calme-toi, dis-je. Ceux qui nous aiment le savent. L'aide et l'amour qu'ils nous offrent sont incommensurables. Ils vont bien plus profond que nous dans la générosité. Ne viens-tu pas de me dire que la famille d'Aline était ton jardin du Liban ? Et Aline, ne l'aimes-tu pas autant que tes amies du Liban ?

— Plus, sourit-elle. Bien plus ! Aline est très spéciale. Sans elle, sans sa famille, je n'aurais pas tenu le coup. Ils m'apportent la paix que je ne trouve plus à la maison. Je suis reconnaissante à Aline de m'avoir offert son amitié. Tu sais, on m'avait attaquée à l'école. On m'avait traitée de terroriste. Elle m'a défendue. Elle a dit que si j'étais une terroriste, elle l'était, elle aussi. Toutes ses amies se sont rangées à ses côtés, et depuis, je n'ai plus peur de l'école. Elle m'a invitée tout de suite chez elle. Ses parents... »

Elle tourna vers moi un regard brillant de gratitude :

« Ses parents... Il n'y a pas de mots pour dire combien ils sont merveilleux. Si seulement tu pouvais les rencontrer... »

*

Nayla était allée chez Aline le cœur battant. Elle craignait d'avoir à parler des derniers combats, d'avoir à justifier l'inexplicable et de se sentir, une fois de plus, coupable d'avoir quitté son pays.

Mais les parents d'Aline ne la questionnèrent pas sur la guerre. Ils ne lui dirent pas qu'ils n'y comprenaient rien, que c'était monstrueux de s'entre-tuer de la sorte.

Ils ne lui demandèrent pas pourquoi elle était venue en France.

Ils lui dirent qu'ils étaient heureux d'accueillir une amie de leur fille.

Ils lui dirent qu'ils priaient très fort pour la paix au Liban.

Et Nayla pleura de joie, parce qu'elle venait de pénétrer dans la France de ses rêves, la France de ses poèmes, la France que les Libanais chantaient comme un soleil.

Aline n'était pas « dans le vent », mais elle était dans la vie, la vraie, celle qui n'avait pas besoin de frusques informes pour s'épanouir et s'affirmer, de tignasse hirsute et de grimage, de mots de passe dont on ne savait s'ils relevaient de la langue française ou d'un jargon destiné à bloquer la pensée.

Aline ne cataloguait pas les êtres et les choses en « génial » ou « débile ». « Mes parents me disent que plus on restreint notre vocabulaire, plus on restreint notre perception du monde, avait-elle expliqué avec son sourire azuré comme ses prunelles. On ne voit plus rien, on ne sent plus rien en profondeur, alors qu'on peut aller si loin, au-delà même du visible. »

Aline ne s'identifiait à aucun chanteur ou vedette à la mode. Elle était elle-même, en toutes circonstances, heureuse de vivre son âge, consciente de la chance qui lui était donnée de le vivre pleinement. Elle savait s'émerveiller, regarder, palper, boire la beauté des paysages, des fleurs, des poèmes, de la musique, de la prière, de l'amitié, d'une famille toute de présence et de tendresse, qui vous donne goût de l'essentiel, goût de lumière et d'infini.

« Pourquoi cela n'est-il pas donné à tous les enfants de la terre ? me demanda Nayla. Qui tient les clefs du bonheur, est-ce nous ou les adultes ? Qu'est-ce qui fait qu'un temps ils s'aiment, et qu'ensuite ils se haïssent jusqu'à vouloir s'anéantir les uns les autres ? Et pourquoi les querelles des parents leur font oublier l'amour de leurs enfants ? »

*

« Pourquoi ils nous mettent dans leurs disputes ? me demanda quelques semaines plus tard Olivier. Quand ils hurlaient, des mots horribles et des objets volaient au-dessus de ma tête, et c'est moi qu'ils envoyaient en consultation. Si tu savais tous les dessins, les tests, les questions... Ils voulaient même que je leur raconte mes rêves. »

« A quoi rêves-tu la nuit ? » demandent thérapeutes et éducateurs, le regard paternel en diable et la voix anodine pour faire accepter aux enfants l'aberrance d'une déviation de dialogue, pour cause de non-écoute des parents.

Ah ! ces enfants qui dramatisent si vite. Une famille, cela se compense de mille manières ! Et d'ailleurs, la séparation des parents ne les prive pas de foyer. Cela leur en donne deux, trois, quatre... Et ils s'en plaignent, à croire qu'ils prennent un malin plaisir à culpabiliser leurs parents.

Ah ! ces enfants à qui l'on donne tout, des études, des gadgets qui coûtent les yeux de la tête, des vacances de rêve, la liberté de sortir, de croire ou de ne pas croire, d'aimer ou de haïr.

« A quoi rêves-tu la nuit ? »

Comment Olivier aurait-il pu répondre :

« Le jour et la nuit, les yeux ouverts ou fermés, je rêve à la tendresse. Si mes parents s'aimaient, s'ils me regardaient, je ne serais pas là. »

Et comment aurait-il pu dire : « De quel droit fouillez-vous mon cœur, vous que je ne connais pas ? »

Mais ce n'est pas les cœurs des enfants que nous fouillons. Ce que nous y trouverions anéantirait toutes questions et toutes conclusions de normalité ou d'anormalité, de troubles caractériels ou de fragilité de la personnalité.

Exilés de la tendresse, tous les enfants sont fragiles.

Si nous fouillions leurs cœurs avec les yeux du cœur, nous saurions que nous en sommes les carences..., nous y trouverions notre absence.

*

Marwan errait dans les jardins de l'hôpital, petite silhouette étrangement coupée du jour, imprécise comme une île lointaine enveloppée de bruine.

« Il doit être trempé, dit Nayla. Heureusement, il ne pleut presque plus. »

« *La pluie s'en va et le vent la suit* », chantonnait si joliment mon vagabond de la lune.

La pluie s'en allait et le vent pourchassait les nuages, dégageant un ciel d'un bleu très pur.

Combien d'enfants, en ce même moment, traînaient leur désarroi, leurs « pourquoi », leurs larmes rentrées, leur souffrance dans le vent ?

Comme je me sentais lourd de tous ces enfants-là.

Nayla appela son frère, mais il ne sembla pas l'entendre. Je l'appelai à mon tour, tandis qu'il me fixait d'un regard comme un sanglot. Lorsque nous fûmes tout près de lui, il s'agrippa à sa sœur et demanda d'une voix sourde :

« Qui est-ce ? Tu avais promis...

— Il est de chez nous, dit simplement Nayla. C'est le prêtre que nous devions rencontrer ce matin. »

Marwan oscilla un long moment entre la peur et la lassitude. Il n'en pouvait plus d'angoisse, de froid, d'impuissance et de révolte. Il n'en pouvait plus d'attendre à la porte de la mort. Il eut un cri comme un battement de cœur retrouvé et je le reçus dans mes bras.

Je le berçai en silence, comme j'avais bercé tant de détresses, là-bas, dans mon pays, et j'eus le sentiment d'un recommencement sans fin, d'une interminable prière qu'étouffait, là-bas, le vacarme de la guerre, ici, la rumeur de Paris.

Ô larmes des tout-petits partout multipliées... larmes de faim, de peur, de douleur, d'errance, de silence... Elles ne sont que d'amour... cet amour que nous croyons regarder et que nous ne voyons pas ; que nous croyons écouter et que nous n'entendons pas.

Où, dans quel oubli de Dieu, dans quel retrait « d'être » avons-nous perdu le souffle un, la conscience une de l'amour que nous avons reçu en héritage et que nous omettons de vivre chaque jour ?

Ô parents si peu là, regards aveugles recouvrant de nuit ces mendiants de tendresse que sont vos enfants, pourquoi les mettez-vous au monde sans leur donner la Vie ?

On ne crée pas, on n'attend pas, on ne porte pas un enfant seulement pendant neuf mois. On ne porte pas un enfant sans porter son âme. On crée, on attend, on porte le passé, le présent et le devenir de son enfant tous les jours de sa vie. On soigne son corps et on éveille son âme. On la façonne telle une main de potier enveloppée de ciel, de soleil et de toujours jusqu'à lui donner achèvement d'ailes et regard en débordement d'éternité.

« Qu'avez-vous fait de vos enfants ? » demandera Dieu, à la porte du paradis.

Puissions-nous pouvoir répondre : « Seigneur, nous les avons faits épis glorieux, afin que Ton règne de paix, de justice et de fraternité vienne...

« Seigneur, nous les avons faits Tout Amour. »

★

« Je veux le voir, implora Marwan. Je ne veux pas qu'il meure. Je veux lui dire que je suis son ami. Je ne veux pas qu'il meure en pensant que j'étais son ami malgré moi. Je ne veux pas qu'il meure du tout. »

« *Je ne veux pas qu'ils meurent* », suppliaient mes enfants du Liban, devant les corps déchiquetés de leurs parents.

« *Je ne veux pas qu'ils soient au ciel. Je veux qu'ils soient là et que je puisse les voir* », criait mon vagabond de la lune, tout contre le tabernacle.

Ô supplique des enfants pris au piège de la mort, ô cri des enfants trébuchants sur l'irrémédiable, mais qui espèrent, par la seule force de ce « je ne veux pas » érigé en incantation, éloigner à jamais leur cauchemar.

« Il ne va pas mourir, le rassura Nayla. Tu as entendu le docteur ? Il l'a échappé belle, mais il n'est pas perdu.

— Il est dans le coma, reprit Marwan. Je ne veux pas qu'il meure.

— Il ne veut pas se réveiller, c'est tout. Mais nous l'appellerons très fort et il faudra bien qu'il nous entende.

— Je l'appelle et je prie sans arrêt, sanglota Marwan. Je ne veux pas qu'il meure. Dis-moi, Abouna, dis-moi qu'il ne mourra pas ! »

Que pouvais-je répondre, que pouvais-je faire sinon le serrer contre mon cœur et appeler avec lui, de toute mon espérance, de toute ma prière, de toute ma confiance, un petit garçon qui refusait de se réveiller ?

« C'est de ma faute, murmura Marwan. Jamais je ne pourrai me pardonner.

— Il n'arrête pas de se le reprocher, déplora Nayla, tandis que je demandais si nous pouvions monter voir Olivier.

— Non, répondit Nayla. Les visites sont interdites. Si Marwan n'avait pas traîné dans les couloirs, le premier jour, il n'aurait même pas su qu'Olivier avait une chance de revivre. Il a aperçu ses parents, mais il ne s'est pas présenté.

— Et vos parents, pourquoi ne leur avez-vous rien dit ? »

Marwan baissa la tête, accablé :

« J'avais promis à Olivier. Il m'a fait jurer, ma main sur la croix, que personne ne saurait ce qu'il pensait.

— Et toi, Nayla ? »

Elle baissa la tête à son tour :

« J'avais promis à Marwan. Il m'a fait jurer par ma Première Communion. Mais je ne savais pas qu'Olivier voulait mourir. Je savais seulement qu'il voulait s'enfuir. Et maintenant, c'est peut-être trop tard ? »

Je contemplais le ciel d'un bleu si pur, où flânaient quelques nuages argentés, gonflés de pluie pour les moissons qui sommeillaient dans cette terre si féconde de France.

Le vent parlait encore d'hiver et je rêvais d'un feu de pin au plus intérieur d'une veillée de Noël.

Un feu de pin au doux crépitement, comme

chapelet que l'on déroule le soir, avant de s'endormir, pour refaire les chemins des mystères qui, des mains ouvertes de Marie, nous mènent, de grains en rosaires, jusqu'à la toute conscience du cœur de Dieu.

Je rêvais d'un feu de pin à offrir au petit garçon qui dormait, là-haut, dans son lit d'hôpital.

Un feu parfumé de résine et de neige, de sagas longues et blanches comme sillages de traîneaux, de cantiques scintillants comme ailes d'angelots.

Dans le cœur de ce petit garçon, il y avait plein d'étoiles endormies que personne n'avait jamais réveillées ; plein de Noëls, de poèmes, de mots accumulés qui attendaient son regard d'après les larmes, neuf et bleu, infiniment, pour chanter comme un lever de Pâques, dans une aube dorée.

Non, il n'allait pas mourir. J'ignorais encore son histoire, mais Marwan était là, avec sa voix que reconnaîtrait Olivier, et son amitié qui gardait jusqu'aux portes de la mort le silence qu'ils s'étaient promis.

« Il m'a fait jurer, ma main sur la croix. »

Mais lorsqu'il t'a fait jurer, petit mage d'Orient, Olivier ne savait pas ce qu'il attendait de toi. Hier, il exigeait ton silence. Aujourd'hui, il attend ta voix.

« Nous rentrons, dis-je, il me faut la permission de vos parents pour vous amener auprès d'Olivier.

— Non, supplia Marwan. Non, pas encore. Attends, il faut que je te dise... Attends, je vais tout te raconter. »

Et il raconta Olivier, presque mot à mot, en butant sur les mots, comme la récitation d'un texte dont le sens nous échappe.

★

La sonnerie retentit et Marwan exhala un « ouf » de délivrance. Il fourra pêle-mêle ses livres et ses cahiers dans sa sacoche et fila dehors.

« Seigneur, pria-t-il, fais que j'atteigne la rue avant tous les autres. »

Au Liban, les combats avaient repris, plus violents que jamais, et Marwan refusait d'en parler, d'autant que, cette fois, l'opinion condamnait durement et en bloc les parties en conflit.

Comment expliquer une guerre à laquelle il n'avait jamais rien compris ? Comment expliquer la fluctuation des alliances et des mésalliances ? Et, d'abord, comment pouvait-on accuser tout un peuple d'une folie importée ?

« Ce n'est pas notre guerre, se répétait-il. Tous nos parents l'affirment. Nous, on s'en serait bien passés. Nous, on a aucun intérêt à démolir notre pays. Nous, on en a plus qu'assez. Nous, on n'est pas des terroristes. Nous, on meurt de peur. C'est nous qui sommes terrorisés. Pourquoi ne veulent-ils rien comprendre ? »

Les sarcasmes des uns et la curiosité des autres blessaient tout autant Marwan, et il s'en voulait de se sentir à la fois fier de son pays et coupable du cyclone qui le ravageait. Et parce qu'il se sentait coupable, il finit par mettre dans le même panier aussi bien les attaquants que les indifférents et les « accueillants ».

Restait Olivier qui, tout au long des cours, lui chuchotait ses histoires par bribes, lui faisant perdre le fil des explications de maths ou de français.

Celui-là, il se fichait drôlement de ses notes : « Je redoublerai, et après ? Le monde ne sera pas plus nul pour autant. Le monde, c'est de la... »

Non, même en pensée, Marwan ne pouvait répéter les mots d'Olivier.

« Chut ! s'indignait-il. Ce n'est pas beau ce que tu dis. Une langue, il faut la respecter. Il ne faut pas la rabaisser. Papa dit que la langue française est une des plus belles du monde, et que c'est lui rendre hommage que de bien parler.

— Papa dit, Papa dit. Tu n'as que ça à ruminer ? Tiens, je vais t'appeler Papadi. Ça te va bien. »

Absolument nul, Olivier. N'empêche qu'il en savait des choses sur la vie. Des choses que

Marwan essayait de ne pas entendre, mais quoi, il ne pouvait, en même temps, se boucher les deux oreilles et aligner des chiffres ou des verbes.

« Bon, terminé pour aujourd'hui », se dit Marwan, juste au moment où Olivier lui cria :

« Hé ! Papadi. Te débine pas comme ça, y'a pas le feu ! »

Marwan s'arrêta, résigné :

« Tu n'es jamais pressé de rentrer chez toi ? Moi, je n'ai pas la permission de traîner. Mes parents sont très stricts sur ce point. Au Liban, il fallait se presser à cause des bombes ; ici, il faut se presser parce qu'ils ont peur d'autre chose. J'ai l'impression qu'on ne sortira jamais de la peur.

— C'est comment, les bombes ?

— Ça ne se raconte pas.

— Tu as perdu ta maison ?

— Je n'ai rien perdu du tout. Rien, rien, rien », répéta Marwan, surpris par sa propre violence.

Il en avait assez des histoires d'Olivier. Des histoires si compliquées et troublantes qu'il en rêvait, la nuit, et se réveillait avec des sueurs froides, comme à l'approche d'un danger qu'il n'arrivait pas à cerner.

« C'est là, se disait-il. C'est là et Nayla le sent aussi. »

« Bon, tu n'as rien perdu, reprit Olivier. Alors, pourquoi cries-tu ?

— Parce que d'autres ont perdu leurs maisons et leurs parents.

— Moi, j'ai deux maisons, dit Olivier, et c'est comme si je n'avais pas de parents.

— Je sais, soupira Marwan. Deux maisons pour rien. Pourquoi ne le racontes-tu pas à d'autres ? Pourquoi à moi ?

— Parce qu'on est copains.

— Ah ! fit Marwan, si ça te plaît de le penser, ça ne me gêne pas. Mais c'est le hasard qui nous a placés côte à côte, en classe. Et comme ni toi ni moi n'avons envie de changer de place... Je n'ai pas de copains, ici.

— Tu en avais beaucoup, dans ton pays ?

— Des centaines. Enfin, presque. Pourquoi me racontes-tu tout ça ?

— Peut-être parce que tu viens de loin. Peut-être parce que tu as vécu la guerre. C'est extraordinaire d'avoir vécu la guerre, non ?

— Non ! C'est horrible. C'est pire que les pires des cauchemars. C'est... Il n'y a pas de mots pour dire ce que c'est.

— Alors, tu dois te sentir superchanceux d'être ici.

— Je n'en sais rien », dit Marwan.

« Je me sentais surtout superétranger, m'expliqua-t-il. Certains de mes camarades étaient supergentils, je ne peux pas dire le contraire, mais... Tu sais, je dessinais notre drapeau sur toutes les premières pages de mes classeurs et, un jour, l'un d'eux m'a dit : " Mets-y une tête de mort. " Je n'ai pas répondu, mais je me suis mis à aimer mon pays comme un fou. »

« Tu es bizarre, remarqua Olivier. Tu ne nous ressembles pas. Tu es vraiment bizarre.

— Tu compliques encore, se vexa Marwan. Je suis comme tout le monde. C'est toi qui es bizarre.

— Ne dis pas ça, gronda Olivier, les poings serrés. Retire tout de suite ce que tu viens de dire. »

« Pas de disputes, ni à l'école ni ailleurs, avait ordonné Papa.

— Même si nous avons raison ?

— Même si vous avez raison. »

« Excuse-moi, dit Marwan. Je retire ce que j'ai dit, mais je ne comprends pas. Je n'ai fait que répéter tes paroles.

— Je ne te demande pas de comprendre. Je te demande de me laisser parler.

— D'accord, tu parleras autant que tu voudras, demain. Maintenant, je dois rentrer.

— Salut Papadi ! Si tu étais mon frère, nous serions rentrés ensemble et je t'aurais parlé toute la nuit », dit tristement Olivier.

*

« Donne-moi la main pour traverser, dit Nayla.

— Je ne suis plus un bébé ! s'insurgea Marwan. Olivier connaît Paris par cœur. Il circule seul, à pied, en métro et en autobus. Il dit qu'il pourrait aller jusqu'en Chine, seul. Il est libre.

— C'est son affaire, répliqua Nayla. Donne-moi la main et marche droit.

— Olivier veut s'enfuir de chez lui, lâcha Marwan.

— Quand on veut s'enfuir, on ne le dit à personne, rétorqua Nayla.

— Pourtant, il le dit. Il commence toutes ses conversations par : " Je vais m'enfuir aujourd'hui, ça leur apprendra. "

— Il te fait marcher.

— Comment le savoir ? »

Entre Nayla, de plus en plus dans la lune, et Olivier, de plus en plus loquace, Marwan se sentait drôlement tiraillé.

« Supposons que je sois aveugle, dit-il, et que je tâtonne avec une canne. Tiens, je zigzaguerais comme ça.

— Ne fais pas l'idiot et tiens-toi bien, gronda Nayla. Nous ne sommes pas chez nous. Papa et Maman ne veulent pas entendre la moindre réflexion à notre sujet.

— Mais personne ne nous connaît dans la rue.

— C'est égal. Marche droit.

— De toute façon, lança Marwan, Papa et Maman n'ont plus le temps d'examiner notre vie à la loupe. »

Ah, yayah ! C'était lâché. En plein dans le mille. Comment pouvait-on affirmer des choses qu'on ne pensait même pas la seconde d'avant ? Les évidences vous cinglaient-elles d'un coup, comme une rafale qui vous coupe le souffle ?

Nayla foudroya son frère du regard :

« Combien de fois dois-je te répéter que nos parents n'ont pas changé ? Tiens-toi le pour dit et parle d'autre chose.

— Bon, je peux te raconter l'histoire d'Olivier ?

— Vas-y, du moment que tu changes de sujet.

— Pas tellement, remarqua Marwan. Mais enfin, les parents d'Olivier sont divorcés.

— Il n'est pas le seul. Plus de la moitié de ma classe a des problèmes similaires. Divorces, séparations ou disputes, on n'entend que ça !

— Attends, ce n'est pas tout. Son père s'est remarié d'un côté, et sa mère de l'autre.

— Il n'est pas le seul, répéta Nayla comme une rengaine.

— Attends donc, repris Marwan. Son père a un enfant avec son autre femme, et sa mère a un enfant avec son autre mari.

— Et alors ?

— Les deux autres vivent avec leurs vrais papas et leurs vraies mamans. Olivier vit en partage. Il est tantôt chez les uns, tantôt chez les autres. Son demi-frère du côté de son père n'a aucune parenté avec sa demi-sœur du côté de sa mère. Tu te rends compte qu'il est le demi-frère de deux enfants qui ne sont pas frères entre eux ?

— En effet, c'est compliqué, admit Nayla. Qu'en pense Olivier ?

— Il pense qu'on se le renvoie d'une maison à l'autre comme une balle de tennis, quand on ne le remise pas chez ses grands-parents. Il dit qu'entre son beau-père, sa mère, son père, sa belle-mère, son demi-frère étranger à sa demi-sœur, il en a marre de slalomer. Il dit que si un jour il disparaissait, chacun de ses parents le croira chez l'autre ou chez les grands-parents et que personne n'ira à sa recherche. Il dit que ses parents pourraient crever que ça ne changerait rien pour lui, mais que, sûrement, c'est lui qui crèverait avant. Il dit qu'avant leur divorce, il a vu et entendu des choses que je ne pourrai jamais te répéter, parce que c'est pire que les films interdits aux enfants. Il dit que les parents, c'est la chose la plus dégueulasse au monde, et puis il pleure, parce qu'il dit que, dégueulasses ou pas, il ne veut qu'une chose, c'est qu'ils le regardent, mais ce qui s'appelle regarder. Il dit qu'ils lui donnent l'impression d'être invisible.

— Oh ! fit Nayla, scandalisée. Qu'est-ce que c'est que ces choses interdites aux enfants ? Choisis-toi un autre ami. Je ne veux plus que tu le fréquentes. Je vais le dire à Papa et Maman.

— D'abord, se rebiffa Marwan, ces choses font partie des réalités de la vie, et Olivier n'y est pour rien si on le fourre là-dedans. Personne ne lui demande son avis. Ensuite, je n'ai pas choisi Olivier. C'est le hasard qui nous a choisis. Et tu ne diras rien aux parents, parce que, d'abord, ils ne pourront rien y changer pour Olivier, et ensuite parce que si Olivier apprenait que j'ai parlé, il m'écrabouillerait.

— Papa et Maman pourront t'interdire de l'écouter, ça serait toujours ça de gagné.

— C'est ce que je lui ai dit, mais il m'a répondu qu'alors, ils devraient aussi bien m'interdire de marcher dans la rue, de passer devant certains cinémas, de regarder certaines affiches et les trois quarts des émissions télévisées. Olivier dit qu'ils nous interdisent une quantité de choses qu'ils étalent eux-mêmes. Il dit que nous sommes pollués physiquement et moralement et il se moque de moi quand je lui dis que nos parents surveillent nos lectures et ne nous laissent pas employer certains mots, qu'au contraire, ils veulent que nous parlions correctement et que nous nous tenions bien.

— Tous les parents veulent que leurs enfants soient bien éduqués. Tu devrais m'accompagner chez Aline et tu verrais.

— Mais attends donc, ce n'est pas tout. Olivier dit que ça ne colle plus entre sa mère et son beau-père, qu'ils parlent de divorce. Si sa mère se remarie, et qu'elle a un troisième enfant avec le deuxième beau-père, il aura un nouveau demi-frère qui sera aussi le demi-frère de sa demi-sœur. Et si son premier beau-père se remarie, ses enfants seront les demi-frères de sa demi-sœur, tout en étant des étrangers pour Olivier. Et si son père en fait autant, tu parles d'un éclatement ! Ce ne seront plus des familles, mais un embrouillage dans lequel plus personne ne se retrouvera.

— Seigneur ! Je n'ai rien compris, s'écria Nayla. Tu ne pourrais pas débiter ça plus lentement ?

— Oh ! Il m'a fallu beaucoup de temps pour comprendre. Olivier m'a fait une sorte d'arbre généalogique, tu sais, comme dans les livres d'histoire, mais avec deux seules branches horizontales. Il ne le dit pas, mais il a peur de rentrer chez lui. Avant, il y avait les disputes de ses parents ; maintenant, il y a celles de sa mère et de son beau-père. Il en est obsédé et je pense que c'est pour cela qu'il veut s'enfuir.

— Je comprends, dit Nayla. Cela pourrait nous arriver aussi.

— Ne parle pas de malheur, se signa Marwan. Qu'est-ce qui se passe chez nous, en as-tu une idée ?

— Aucune, mentit Nayla. C'est peut-être parce que nous sommes à l'étranger et que nous voyons les choses autrement.

— Je voudrais retourner au Liban », soupira Marwan.

« Cela ne changerait plus grand-chose », se dit tristement Nayla.

*

« Je vais m'enfuir ce soir, déclara Olivier.

— Tu n'iras nulle part, assura Marwan. Tu auras froid, tu auras faim, il faudra que tu trouves un endroit pour dormir, tu ne pourras pas te laver et tu seras dégueulasse. De toute façon, tu as beau répéter que tes parents s'en fichent, ils te feront rechercher par la police et tu seras obligé de revenir chez toi, à moins qu'ils ne t'enferment dans une maison spéciale pour enfants à problèmes. Et rien n'aura changé, ton père ne se remettra pas avec ta mère. Il faudrait qu'ils divorcent des deuxièmes mariages, et les complications recommenceront avec les autres enfants. C'est un problème sans fin.

— Alors, je veux mourir.

— Ne dis pas de bêtises. Tu n'as pas de maladie, tu ne risques pas de mourir. Reste les accidents, mais on ne peut pas les prévoir.

— On peut se tuer.

— On ne se tue pas à neuf ans! se récria Marwan, scandalisé. Il n'y a pas de raison.

— On peut se tuer à tout âge. Je peux plonger dans la Seine du haut d'un pont.

— Tu nages comme un poisson, se rassura Marwan. Tu t'en es vanté des milliers de fois.

— Je peux attendre la nuit, quand tout le monde dort, et ouvrir le gaz.

— L'odeur du gaz réveille les plus grands dormeurs, mentit Marwan, espérant qu'Olivier le croirait sur parole. Tes parents te fileront une raclée pour y avoir touché et tu ne pourras pas leur dire pourquoi tu l'as fait. Je te le dis, on ne se tue ni à neuf ans ni jamais.

— Le gaz endort, gros débile, ricana Olivier. Personne ne se réveillera.

— Mais si ça provoque un incendie, tu seras responsable de la mort de plusieurs personnes. C'est ce que tu veux?

— Gagné! dit Olivier, et Marwan crut qu'il avait renoncé à son idée.

— On va faire un tour au Luxembourg? proposa-t-il. Mes parents m'ont permis de passer toute la journée avec toi. On pourrait pique-niquer sous les arbres. J'ai apporté des sandwiches et des fruits. Je vais te faire goûter des spécialités de chez nous.

— D'accord, répondit distraitement Olivier.

Écoute, il y a mille manières de mourir. Je pourrais me jeter de la terrasse de notre immeuble et tout le monde croira que c'est un accident. Mais je voudrais que mes parents sachent que ça n'en est pas un. Ils pleureront. J'espère qu'ils pleureront.

— Tu ne les verras pas pleurer, puisque tu seras mort. Alors, à quoi ça servira ?

— A ce qu'ils pleurent, justement, et peut-être à ce qu'ils m'aiment. Tiens, du coup, ils me regarderont.

— Ça ne te ressuscitera pas, soupira Marwan. Alors, à quoi ça servira ?

— Mais ils m'auront regardé, s'obstina Olivier.

— Ceux qui veulent se tuer pour de bon ne le disent jamais.

— Qui te l'a dit ?

— Ma sœur.

— Ça, c'est un raisonnement qui rassure les parents. De toute façon, je ne leur dis jamais rien. Je n'en parle qu'à toi.

— Je m'en serais bien passé, bougonna Marwan.

— Alors, tu n'es pas un ami ! cria Olivier.

— Je le suis malgré moi, mais je le suis, dit tristement Marwan.

— Alors, je suis sûr que toi, tu pleureras. »

« *C'est à ce moment que j'ai eu peur, me confia Marwan. Il parlait de sa mort comme quelqu'un qui rêve tout haut. J'ai eu peur sans savoir s'il fallait le prendre au sérieux. Je n'avais plus d'arguments. Alors, j'ai prié. J'ai dit : Seigneur, chuchote-moi un argument logique. Il est obsédé, ma parole, comment puis-je m'en sortir ? Il lui faudrait un psychiatre.* »

Marwan ne savait pas très bien ce qu'était un psychiatre, une espèce de médecin qui ne vous tâtait pas le corps, mais le mental. Et le mental, qu'était-ce au juste ? Ce n'était pas le moment de se le demander.

« Veux-tu qu'on prie ensemble ? suggéra-t-il.

— Prier ! s'exclama Olivier, ahuri. Comme ça ? Dans la rue ?

— Nous pourrions prier sous les arbres, avant de pique-niquer.

— Je croyais qu'il fallait entrer dans une église, ou s'agenouiller une minute, le soir, avant de dormir.

— On peut parler à Dieu n'importe où, assura Marwan.

— Parler ? Mais ce n'est pas prier. Tu en as de drôles d'idées !

— Si, dit Marwan. Parler à Dieu, c'est prier. Nous pourrions lui parler ensemble de ce qui te tracasse.

— Tu débloques, le railla Olivier. Chez nous, on ne prie pas. Pourquoi me regardes-tu comme ça ? Je n'ai rien fait de mal.

— Tes parents ne prient jamais ?

— Je n'en sais rien.

— Tu DOIS le savoir. Le ciel fait partie de notre vie, même s'il est invisible. On le sent si fort qu'on le voit avec notre cœur. Tu dois le sentir, et tes parents aussi.

— Je t'ai dit que je n'en savais rien, s'impatienta Olivier.

— Mais... tu crois en Dieu ?

— Oh ! tu m'embêtes, à la fin ! Je ne me suis jamais posé cette question.

— Comment peux-tu vivre sans Dieu et la Sainte Vierge ? Avec eux, je suis en même temps au ciel et sur la terre.

— Des blagues ! D'accord, ne fais pas cette tête, ils existent. Mais je n'avais jamais pensé qu'on pouvait vivre avec eux. Pour commencer, tu viens de le dire, ils sont invisibles. Ensuite, on ne peut pas vivre avec des gens qui sont au ciel. Nous, nous sommes sur la terre et mes problèmes sont à la maison. »

Marwan se tut, bouleversé. Il ne savait comment transmettre ses certitudes à Olivier. Il n'avait jamais rencontré de petit garçon qui voulait mourir et qui ne savait pas si Dieu existait. L'angoisse le saisit et il ne sut que dire :

« C'est égal. Tu ne dois plus parler de mourir. Il y a des enfants bien plus malheureux que toi.

— Dis voir, si tu en connais ?

— Ceux de la guerre. Tu n'as jamais vu d'enfants pulvérisés. Moi j'en ai vu. Et des enfants criblés d'éclats d'obus. Moi j'en ai vu. Et des enfants qui hurlent près de leurs parents écrabouillés. Moi j'en ai vu. Et j'ai hurlé aussi.

— C'est vrai, se radoucit Olivier. Mais ça ne me console pas, parce que ça ne change rien pour moi.

— La vie n'est pas toujours drôle, mais la tienne n'est pas désespérée, le consola Marwan, répétant ce qu'il avait maintes fois entendu dire par les grandes personnes.

— Si, ma vie EST désespérée, insista Olivier. Philippe n'est pas mon papa. Je le gêne.

— Tu l'appelles par son nom ?

— Et comment voudrais-tu que je l'appelle ? Cécile l'appelle Papa, et moi, Philippe. Avec Laurence, c'est pareil.

— Qui est Laurence ?

— La femme de Papa.

— Ils ne sont quand même pas méchants ?

— C'est pire. Je sens qu'ils se forcent à être gentils. Des deux côtés, je me sens en dehors de quelque chose qui m'appartenait.

— Si ça m'arrive, conclut Marwan, je mourrai.

— Tu vois ? triompha Olivier.

— Tu n'as pas compris, murmura Marwan. Je ne me tuerai pas comme tu le penses. Je mourrai dans mon cœur. »

*

« Je vais te montrer les lettres d'Olivier, me dit Marwan. Je les garde toujours dans ma poche, comme ça personne ne peut les trouver. Je les connais par cœur. Tu comprends, un jour je lui ai dit que je ne voulais plus qu'il bavarde en classe. Je ne voulais pas me faire attraper. Je lui ai dit que Papa et Maman ne seraient pas contents si je redoublais, et moi non plus d'ailleurs. Il fallait que nous, les Libanais, nous soyons à la hauteur, parce que nous représentions notre pays et qu'il y avait assez d'autres Libanais qui, eux, s'en fichaient. Il s'étonnait que je parle si bien le français, et moi je m'étonnais que les élèves le déforment. Souvent, surtout au début, je ne comprenais pas ce qu'ils disaient.

— Et il a accepté de ne plus parler pendant les cours ?

— A moitié. Il bavardait moins et il a posé des conditions. Il voulait que je passe tous mes samedis et dimanches avec lui. Je lui ai dit que le dimanche, c'était impossible, parce que nous allions à la messe en famille et que nous déjeunions en famille et que, de toute façon, le jour du Seigneur était un jour de famille et que j'étais content comme ça. Il m'a dit que je lui cassais les oreilles avec le Seigneur et ma famille. Tu te rends compte ? Il voulait que j'oublie le Seigneur et ma famille pour le suivre. Qu'est-ce que je pouvais répondre ? Je pensais qu'il blasphémait, mais je n'en étais pas sûr, parce que ce n'était pas de sa faute s'il ne connaissait pas le Seigneur. Dis, est-ce qu'il blasphémait ?

— Non, dis-je. Oh, non ! Sûrement pas ! Il était malheureux et Jésus le regardait avec beaucoup d'amour. Il le regardait à travers toi, avec toi, Marwan. Il l'accueillait, il l'écoutait par toi.

— Mais Olivier ne le savait pas, et moi non plus, d'ailleurs. Et ça ne l'a pas empêché de se jeter dans le vide. Je l'ai écouté, beaucoup même, mais je ne peux pas dire que je l'ai beaucoup accueilli. Je ne comprenais pas. Je pensais que la guerre était tellement plus terrible que ses histoires à lui. Et puis, je ne le croyais pas toujours. Dis, est-ce possible que des enfants détestent leurs parents ?

— La haine d'un enfant n'est que l'écho de celle qu'il a d'abord subie. Quand un enfant déteste ses parents, c'est qu'il est mal aimé, ou si peu, ou pas du tout. Sa révolte est le cri ultime qui interroge et appelle. Il devient mendiant de tendresse, et plus on la lui refuse, plus il se déchaîne, souvent maladroitement, souvent en brisant, ou bien il s'enfonce dans le silence. Olivier s'est d'abord battu, puis, devant l'inutilité de ses appels, il a fini par choisir le grand silence, celui dont on ne revient pas. Comprends-tu cela, Marwan ?

— Oui, dit-il. Mais alors, s'il a choisi le grand silence, il ne voudra peut-être plus nous entendre ? Il ne reviendra pas ?

— Mais si ! Il te suffira de parler à son cœur.

— Oh, ça, c'est la chose la plus facile, sourit Marwan. Je suis bien content de lui avoir cédé mes samedis. Mais ça n'a pas été facile. Je lui ai d'abord demandé de venir chez nous, et il a refusé. Je ne savais pas comment obtenir de passer des journées entières, dehors. Olivier m'a dit : " C'est simple, dis-leur que j'ai un jardin et que c'est mieux que d'être enfermé dans un appartement ou de jouer dans la rue. — Et s'il pleut ! " je lui ai demandé. — Tu es débile, qu'il m'a dit. Il y a des jardins dont une partie est vitrée. " J'ai protesté que je ne voulais pas mentir et que, si j'allais chez lui, mes parents voudraient qu'il vienne aussi chez nous.

Alors, il a pleuré. C'était la première fois que je le voyais pleurer, et mon cœur a fondu.

Il a dit : " Je ne veux aller chez personne. J'ai besoin qu'on soit seuls, au moins un jour par semaine. Dis-leur que je suis infirme et que je ne peux pas me déplacer pour aller chez toi. Tiens, dis-leur que je suis myopathe. " J'ai demandé : " C'est quoi myopathe ? " Il a haussé les épaules et j'ai cru qu'il allait encore me traiter de débile, mais il a seulement dit : " Tu ne regardes jamais la télé ? Ils font des marathons pour les myopathes et ça rapporte des millions. "

Il s'est mis à marcher en se tordant dans tous les sens et il m'a lancé : " Tu vois ? C'est ça, un myopathe. "

J'ai dit que c'était triste et que, de toute façon, ça faisait un mensonge de plus.

Il a encore pleuré : " Si un samedi je fais une bêtise, ce sera de ta faute. "

Alors, j'ai cédé. »

Le cœur serré, je dépliai la première lettre d'Olivier. L'écriture ronde et appliquée me surprit, mais l'explication m'en fut aussitôt donnée :

Salut, Papadi !

J'imite ton écriture, ne va pas croire que c'est parce qu'elle me plaît, c'est pour m'amuser, on ne peut plus bavarder en classe et je m'ennuie. Je n'ai jamais écrit à personne de ma vie, si, j'écris des cartes postales pendant les vacances, quand je suis chez mon père, j'en envoie à ma mère et quand je suis chez ma mère, j'en envoie à mon père, ils n'ont jamais répondu, ils préfèrent le téléphone parce que c'est plus facile, tu comprends, quand ils oublient d'appeler, ils disent qu'ils ont appelé et que j'étais sorti. Quand je demande à Maman de m'écrire, elle répond que le téléphone, c'est pas fait pour les vaches, ha ! ha !

Tu es bizarre, Papadi, tu es sage, c'est pas marrant, tu sais pourquoi je te parle ? Parce que tu m'écoutes, voilà. Samedi, on ira s'éclater dans le métro, on descendra d'une rame pour remonter dans une autre, les vieux diront qu'on n'est pas éduqués et on s'en fichera.

Salut, Papadi.

Olivier

★

Je repliai la lettre, le cœur empli de tristesse.

« Puis-je garder les autres ? demandai-je à Marwan. Je te les rendrai demain.

— Oui, dit-il. Mais je t'en prie, fais que je voie Olivier. J'aurais dû comprendre dès la deuxième lettre combien il était malheureux. Ce n'est pas que je n'avais pas vraiment compris, mais je ne savais pas qu'un enfant pouvait se tuer. Il répétait sans cesse qu'il voulait s'enfuir, et en même temps, il me disait tous les jours : " A demain, Papadi ! ", et je croyais qu'il me faisait marcher. Je t'en prie, fais que je le voie ! Il faut que je lui dise que je suis son ami. Il faut que je lui dise que je ne veux pas qu'il meure. Il ne faut pas qu'il meure ! Il faut que je le lui dise ! »

Il me martelait la poitrine de ses poings fermés et je le repris dans mes bras.

« J'ai peur », hoquetait-il, et je resserrai mon étreinte. « J'ai peur, aide-nous, s'il meurt, je mourrai aussi. »

*

« Je vais m'enfuir aujourd'hui, déclara une fois de plus Olivier, alors que Marwan déballait les délices de leur pique-nique.

— C'est la centième fois que tu me l'annonces, sourit-il. Tu manques d'imagination.

— Et que devrais-je dire ?

— Tu pourrais dire : " Aujourd'hui, je vais écrire un poème ", ou : " J'irai me promener dans un beau jardin ", ou : " J'irai regarder la Seine pendant des heures et des heures, parce qu'un fleuve c'est toujours merveilleux. "

— Tu écris des poèmes ?

— On en écrit beaucoup chez nous.

— Tu parles de quoi ?

— De mon pays.

— Je peux les lire ?

— Non, parce que je les écris en libanais.

— Qu'est-ce que tu y dis ?

— Des choses qui ne se disent que dans ma

langue. Et puis des choses à Dieu et à la Sainte Vierge.

— Encore ! railla Olivier. Tu ne peux pas me les traduire ?

— Non, parce que tu te moquerais.

— Et après ? Tiens, je les lirais ce soir, avant de m'enfuir.

— On ne peut pas parler d'autre chose ? proposa Marwan.

— Non, on ne peut pas.

— Alors, tais-toi ! J'en ai assez de me demander si tu me fais marcher. Les autres parlent de mille choses, ils s'amusent, ils courent, ils blaguent, ils rient. J'aimerais bien qu'ils m'invitent à jouer avec eux. Mais à cause de toi, ils m'appellent Papadi et ils se moquent de moi. Au lieu de traîner avec toi, je pourrais, par exemple, accompagner Nayla chez Aline, ou rester chez nous quand elles y sont toutes les deux. Aline a une sœur de mon âge qui aime le dessin et la musique. Moi aussi, j'aime dessiner.

— C'est ça ! Dis que tu te plais mieux avec les filles. Je vais t'appeler Marwanette. Et puis, tu es injuste. Aline et sa sœur n'ont besoin de personne, tandis que moi, je n'ai personne.

— Tu as un demi-frère et une demi-sœur.

— Ils ont trois ans. C'est marrant, ils ont le même âge. Des bébés, c'est pas une compagnie. Quand je passe d'une maison à l'autre, ils ne s'en aperçoivent même pas. Ça ne change rien pour eux. Chez mon père, mon demi-frère a pris ma chambre, et je suis devenu un visiteur. Chez ma mère, on a fourré ma demi-sœur dans ma nouvelle chambre. Et en été je ne suis avec aucun des deux. D'abord, on m'expédie en colonie, ensuite, chez mes grands-parents, ensuite tout le monde retourne à Paris et ils racontent leurs vacances, ils passent des diapos et ils se marrent. Ce n'est pas juste !

— C'est normal qu'ils racontent leurs vacances.

— Non, ce n'est pas normal ! cria Olivier. Je ne suis dans aucune de leurs histoires de vacances. Je ne suis que dans leurs disputes.

— Écoute, Olivier. Il y a des milliers et des milliers de parents divorcés. Tous les enfants n'en font pas un drame. Il y en a que ça arrange drôlement.

— Qui te l'a dit ?

— Ma sœur.

— Et elle les croit ?

— Comment veux-tu qu'elle sache si c'est vrai ? Nos parents ne sont pas divorcés.

— Ils se disputent ?

— Des fois. Mais ce n'est pas grave. C'est juste qu'ils ne sont pas d'accord sur certaines choses. Ça ne veut rien dire.

— Ça veut tout dire, ricana Olivier. Pauvre cloche ! Ça commence toujours comme ça.

— Rien n'a commencé ! protesta Marwan. Ils sont toujours pareils. C'est toi qui dramatises. »

Olivier se tut. Il semblait accablé, tout à coup, et Marwan pensa qu'il l'avait blessé.

« Je m'excuse, dit-il. Je sais, ce n'est pas drôle. Je comprends bien plus que je ne peux le dire. Je m'excuse, Olivier.

— Non, répondit Olivier, non, tu ne comprends pas. Tu ne peux pas comprendre. Personne ne peut comprendre. Mais je vais te montrer quelque chose qui fera qu'au moins tu me croiras. Mais avant, tu vas me jurer que tu n'en parleras à personne.

— J'ai déjà juré des centaines de fois, soupira Marwan. J'ai tout juste dit à ma sœur que tes parents étaient divorcés.

— Tu ne dois rien dire ! Jamais rien ! Jure encore ! Croise tes doigts et dis : “ Croix de bois, croix de fer, si je mens, je vais en enfer. ”

— Non, s'indigna Marwan. Si je mens, je le regretterai. Je demanderai pardon et je n'irai pas en enfer. Je veux aller au ciel !

— Pauvre cloche ! Tu mens tous les samedis.

— Je sais, dit tristement Marwan. Je demande pardon à Dieu dans mon cœur. Mais un jour il faudra bien que je l'avoue à mes parents. Je ne peux pas continuer comme ça ! Ils me font confiance et je les trompe. Maman te prépare de bonnes choses parce qu'elle t'aime sans te connaître, et je n'ose plus la regarder dans les yeux quand je quitte la maison pour te rejoindre. Ça non plus, ce n'est pas juste.

— Je m'en fiche, dit Olivier. Jure, ou je ne montrerai rien.

— D'accord, je le jure !

— Ta main sur la croix ?

— Oui, voilà !

— Bien, attends une seconde ! Mais qu'est-ce que ça veut dire, “ ta main sur la croix ” ?

— Ça veut dire, expliqua patiemment Marwan, qu'en touchant une croix il est impossible de mentir. »

Olivier retira son anorak, puis son pull, puis sa chemisette.

« Qu'est-ce que tu fais ? s'affola Marwan. Tu te déshabilles en plein square ? Tu vas prendre froid.

— Soulève mon tricot de corps, commanda Olivier.

— Là, au milieu du square ?

— Fais vite, dit Olivier. Tu peux voir en une seconde. Fais vite ! »

Marwan souleva le tricot de corps, croyant encore à une farce. Mais ce qu'il vit le bouleversa.

« Oh ! fit-il.

— C'est tout ce que tu trouves à dire ? se vexa Olivier, qui se rhabilla vite fait.

— Est-ce que... est-ce que tu es tombé ?

— Non, gros débile ! Je n'ai pas fait de chute. Mais maintenant que tu as vu ça, c'est toi qui ne me laisseras plus tomber.

— Qu'est-ce qui t'est arrivé ?

— Philippe m'a corrigé. Oui, ils appellent ça " corriger ". J'ai regardé mon dos dans la double glace de la salle de bains, et j'ai pensé à mes devoirs corrigés avec plein de ratures. Il ne manque qu'un zéro sur mon épaule. Corrigé, tu te rends compte ? ricanait Olivier.

— Arrête ! dit Marwan. Il n'y a pas de quoi rire.

— Est-ce que je ris ? cria Olivier. Je pleure. Ben oui, voilà, je pleure. »

« *Il pleurait, me dit Marwan, et je lui aurais donné la lune, si j'avais pu. Je croyais qu'il était en partie responsable, parce qu'il n'était pas facile. Je pensais qu'il leur en faisait voir de toutes les couleurs. Non, vraiment, je ne voulais pas qu'il pleure, mais je n'ai rien compris, rien du tout !* »

« Ne pleure plus, supplia Marwan. Ne pleure plus et raconte-moi ce qui s'est passé.

— Je me déshabillais pour dormir. Je les ai entendus dire qu'ils m'envoyaient chez mes grands-parents pour de bon.

— Mais l'année scolaire n'est pas terminée ! »

Olivier haussa les épaules :

« Tu parles si c'est une raison ! Il paraît que mon père est d'accord. Il paraît que plus personne ne peut me supporter. Il paraît que je suis sournois, menteur, casseur, tapageur et tout. Il paraît que c'est à cause de moi que ça cloche entre ma mère et Philippe. Il paraît que je perturbe le mariage de mon père. Philippe dit que c'est ma mère qui me pourrit, ma mère dit que c'est mon père qui me pourrit, et mon père dit que c'est ma mère qui ne m'éduque pas !

— Ça n'explique pas les coups, remarqua Marwan.

— Si, parce que j'ai couru à moitié déshabillé au salon, et je leur ai dit que je n'irais ni chez les vieux ni chez personne.

— Alors ?

— Alors ils m'ont dit que ça me ferait le plus grand bien, que j'aurais les vieux pour moi tout seul. Tu parles d'un cadeau ! En ayant les vieux pour moi tout seul, je n'aurais plus jamais mes parents.

— Et puis ?

— Et puis, j'ai discuté, j'ai crié, je me suis roulé par terre, mais ils ne voulaient rien entendre. " C'est pour ton bien, c'est pour ton bien... ", c'est tout ce qu'ils savaient dire. Alors j'ai perdu la tête et j'ai mordu Philippe au bras en criant que c'était lui qui voulait se débarrasser de moi. Alors il m'a corrigé.

— Ta mère n'a rien dit ?

— Elle était furieuse et je ne sais pas si c'était contre Philippe ou contre moi. De toute façon, je ne serai jamais le gagnant. Oh ! Papadi, qu'est-ce que je peux faire ? Je suis habitué aux taloches, mais pas aux coups. Je ne veux pas partir. Peut-être qu'un jour ils m'aimeront. Si je pars, ils m'oublieront... Tu ne me lâcheras pas, dis ?

— Non, promit Marwan, je ne te lâcherai pas.

— Tu passeras toujours tes samedis avec moi ?

— Oui, promit encore Marwan.

— Il faut aller avec moi jusqu'au bout, murmura Olivier.

— Quel bout ? demanda Marwan, inquiet.

— Ben, jusqu'à la mort.

— Écoute Olivier, personne ne va mourir. On va réfléchir et on verra ce qu'on pourra faire.

— Promets quand même !
— Je promets, dit inconsidérément Marwan.
— Ta main sur la croix ?
— Ma main sur la croix. »

Mais Marwan n'avait nulle envie de mourir, ni ce jour-là ni plus tard. La vie était belle qui lui offrait la paix dans une ville aussi fascinante que Paris, et il coulait dans l'anonymat des foules avec un bien-être exaltant, une espèce de dédoublement qui lui donnait l'illusion d'une liberté sans limites.

Des ponts de la Seine, tous fabuleux, tous incroyablement tremplins d'infini, au dédale plein de mystères du métro, où il jouait au gangster pourchassé, cavalant dans les couloirs, sautant dans un wagon, le souffle court et les yeux en toupie, simulant la frayeur, Marwan se laissait entraîner avec bonheur par son « ami de hasard ».

Par moments, Olivier lui paraissait magique. Jamais Marwan n'avait rencontré de petit garçon aussi entièrement livré à lui-même, aussi royalement indépendant. Il se sentait lié à lui, non seulement par ses promesses de silence, mais de plus en plus par les mille petits riens, somme toute enivrants, qu'ils partageaient à longueur de samedi. Ils devenaient complices, se créant un monde secret que Marwan ne se faisait plus scrupule de taire à ses parents.

Chez lui, il se montrait heureux, si ce n'est franchement béat, ne réclamant rien, hormis la grâce d'aller distraire un petit malade. « Pouvions-nous la lui refuser ? » me demandèrent ses parents.

N'était la menace de fuite d'Olivier, la France aurait été parfaite. Marwan ne prenait pas au sérieux ses menaces de suicide. Vouloir mourir à neuf ans, c'était tout simplement impensable. Si Olivier avait subi un seul bombardement, il aurait su ce qu'être en vie voulait dire, et il n'aurait jamais parlé de se supprimer. De toute façon, Marwan n'y croyait pas. Olivier était expert en mensonges, la preuve, il avait réussi à faire avaler à Marwan que la dissimulation, employée comme autodéfense, était une nécessité vitale.

Marwan commençait à se désintéresser de la discorde de ses parents. Si Nayla s'en faisait une telle montagne, c'était son affaire. Lui trouvait les adultes trop compliqués, et avec le nombre d'enfants à multiples beaux-pères et belles-mères qu'il côtoyait, il n'était pas loin de penser que la normalité était le divorce, et non le contraire.

Tôt ou tard, Olivier en prendrait son parti, puisque de toute manière il n'y pouvait rien changer. Et il le consolait tant bien que mal, lui prêchant la résignation plutôt que la lutte acharnée dont Olivier était l'éternel vaincu.

« On ne t'attend vraiment pas chez toi ? insistait-il de temps à autre.

— Pftt ! chuintait Olivier. Plus débile que toi, j'ai jamais rencontré. Je t'ai dit mille fois qu'ils seraient bien contents de se débarrasser de moi. Si je disparaissais, ils prendraient tout leur temps pour me retrouver.

— Ne les provoque pas, conseillait Marwan. Plus tu es insupportable, plus ils voudront se débarrasser de toi.

— C'est malgré moi ! criait Olivier. Il faut que je casse. Mais tu ne comprends pas ! Personne ne peut comprendre !

— Ben, c'est un peu difficile », concédait Marwan, qui pensait qu'aucun parent au monde ne pouvait vouloir se débarrasser de ses enfants.

N'empêche que le dos zébré de boursouflures d'Olivier l'inquiétait. Olivier ne disait pas tout, et Marwan se gardait d'en savoir davantage. Il ne comprenait pas plus cette forme de violence qu'il ne comprenait la guerre.

« Pleure pas ! suppliait-il, lorsque la révolte de son petit compagnon fondait en sanglots. Pleure pas ! Si tu veux, on va dire une prière. »

Marwan parlait de Dieu et de la Sainte Vierge avec persévérance, mais aussi avec le sentiment grandissant que le ciel du Liban était différent de celui de France. Il y avait Dieu, le vrai, évidemment, très proche des enfants libanais, et une divinité à qui les enfants français adressaient les mêmes prières, mais qui était très loin de leur quotidien. Exceptionnellement, il vivait avec des enfants comme Aline et ses sœurs. Exceptionnellement aussi, peut-être, avec les enfants que Marwan apercevait à la messe du dimanche.

*

L'absence de Dieu dans la vie d'Olivier troublait profondément Marwan, et c'est en pleurant qu'il me raconta leur dernier samedi.

Olivier l'attendait sur les marches de l'Opéra, fou d'anxiété et de rage.

« Il est presque midi, hurla-t-il en grêlant de coups la poitrine de son ami. J'ai cru que tu n'allais plus venir. Tu n'as pas le droit de me laisser tomber, tu m'entends ? Tu n'en as pas le droit ! Si tu le fais, je t'écrabouillerai.

— Et toi, tu n'as pas le droit de me frapper, se défendit Marwan. Je ne t'ai pas laissé tomber. J'ai été me confesser. Je ne pouvais pas faire autrement, puisqu'on y est allés avec nos parents.

— C'est quoi, se confesser ?

— C'est dire nos péchés à un prêtre, comme si on les disait à Dieu. C'est regretter le mal qu'on fait, c'est demander pardon à Dieu et à ceux à qui on a fait de la peine, et c'est promettre d'essayer d'être meilleur.

— Des blagues ! assura une fois de plus Olivier. Dis voir tes péchés ?

— Je ne peux pas. C'est secret. On ne les dit qu'à Dieu, et aussi, si on veut, à ses parents.

— Dis quand même !

— Je ne peux pas, s'affola Marwan. C'est des péchés qu'on fait ensemble.

— Ah ! fit Olivier estomaqué. Alors, tu peux les dire. »

Marwan hésita, puis il proposa un examen de conscience qu'Olivier rejeta avec indignation :

« Moi, je ne fais pas de péchés. C'est mes parents qui en font. Ils ne m'aiment pas, ils me battent, ils font des choses que des enfants ne doivent pas voir, ils veulent me chasser de chez eux et des tas de choses que je ne peux pas dire, parce que tu ne me croirais pas.

— Et nos mensonges ? demanda Marwan. Et tout ce qu'on voit et qu'on entend et qu'on ne devrait pas ? Et les fruits qu'on chaparde ? Et les vieux qu'on bouscule ? Et quand on passe sous les tourniquets pour ne pas payer le métro ? Et les devoirs qu'on copie parce qu'on n'a plus le temps de travailler ? On trompe tout le monde, on est mal élevés, on ne vit pas dans l'amour et le respect, on oublie de vivre avec le Ciel, on ne dit plus jamais merci pour les belles choses, on est tout le temps en révolte. Jamais je n'ai tant dit en confession. Jamais de ma vie je n'ai eu le cœur si de travers.

— Tout ça, ce n'est pas des péchés, assura Olivier. Tout ça, c'est pour avoir un peu de bon temps. On en a le droit, non ?

— Je ne sais plus, dit Marwan. Pour toi, ça me semble normal, peut-être parce que tu es malheureux. Mais pour moi, c'EST des péchés. Est-ce que tu es baptisé, au moins ?

— C'est quoi, être baptisé ?

— Je ne sais pas t'expliquer, mais je crois que c'est devenir enfant de Dieu.

— Je n'en sais rien, dit Olivier. Je préférerais, d'abord, être enfant de mes parents.

— Mais tu l'es, puisqu'ils sont tes parents.

— Ben ! fit Olivier, ils n'ont pas l'air de vouloir être mes parents. Peut-être qu'ils auraient voulu que je ne sois pas né. »

★

« *Comment croire des choses pareilles ?* » me demanda Marwan. « *Mon cœur allait vraiment de travers et je pensais que le ciel n'existait plus qu'à la maison.* »

Mais lorsque Olivier sombrait dans une espèce de froid désespoir :

« Prie, suggérait encore Marwan. Touche ton cœur et tu sauras que Dieu est avec toi, partout et toujours.

— Y'a rien à faire, tu es débile ! » s'écriait Olivier.

Mais il palpait son cœur, du bout des doigts, avec la crainte inavouée d'y sentir quelqu'un bouger.

Et Marwan riait.

« Tu me fais encore marcher, se vexait Olivier.

— Non ! affirmait Marwan, soudain grave et les yeux tournés vers son cœur. Non, c'est la pure vérité, ma main sur la croix !

— Si, tu me fais marcher, criait Olivier, furieux contre Marwan et contre lui-même. Tout ça, c'est des blagues ! »

Et Marwan se taisait, découragé...

Et il lisait les lettres d'Olivier sans y rien comprendre.

*

Ces lettres, je les ai là, éparpillées sur ma table. Je ne les transcrirai pas toutes.

Elles appartiennent à Olivier et à son « ami malgré lui ».

Demain, je les rendrai à Marwan.

Ces lettres, je les ai lues comme on égrène les mystères douloureux.

Il y a une telle progression dans la description du désespoir d'Olivier, comme si, jour après jour, l'écriture épurait son langage, pour ne laisser que la boule dure sur laquelle achoppait son cœur :

« *Ils auraient peut-être voulu que je ne sois pas né.* »

Je les regarde, feuilles quadrillées de cahier d'écolier, où chaque mot est une plainte que l'on ne peut entendre sans une supplique en retour.

Les lire m'a paru sacrilège.

On ne pénètre pas dans le plus secret d'un cœur d'enfant, sans un immense respect, une immense humilité.

Ces lettres, je les ai lues à genoux, devant la croix en grains de blé offerte par les enfants de France.

A genoux, comme devant un tabernacle.

Je me suis fait tout accueil et toute prière.

Et j'ai pleuré.

Olivier, je ne t'ai pas encore vu, mais que te dire, mon tout-petit, sinon que je t'aime, je t'aime, je t'aime…

Je voudrais te le dire à l'infini…

Je voudrais n'avoir que ce chant aux lèvres, pour toi, pour Milad, pour tout enfant qui s'obstine à recoller, dans le noir, les morceaux d'un rêve brisé…

Pour toute enfance en quête d'une oasis de conscience et de regard…

Je vous aime…

Pour toi, Olivier, je vais passer la nuit en prières.

A travers tes lettres, j'ai entrevu ce que Marwan ne pouvait comprendre, ce qu'aucun enfant ne peut comprendre s'il n'a subi ce même enfer, ces mêmes blessures imposées à ton âme, à ton cœur, à ton corps.

J'ai lu ton effroi, bien plus paralysant que la peur des bombes ou des raclées que tu sembles avoir accueillies comme une délivrance en débordement du trop-plein de tes souffrances.

Et, malgré tout, tu voulais que tes parents t'aiment.

Tu voulais qu'ils te regardent.

Sans leur regard, tu ne pouvais exister, et je comprends, avec douleur, avec horreur, que tu aies choisi la mort.

Olivier, quel signe t'envoyer, ce soir, quelle prière ou quel murmure, pour que la tendresse prenne le relais de ta révolte ?

Je me tiens à genoux, les bras atrocement vides, comme ceux d'un père dont l'enfant vient de partir, comme ceux d'une mère qui ne berce plus qu'une absence.

Et je pleure...

Et je crie, comme tu l'as fait si souvent, comme tu l'as écrit si souvent : « Deux maisons pour deux fois plus de rejet ; deux maisons pour rien. »

Et j'entends la voix pleine d'espoir de Milad : « *Tu ne pourrais pas m'écrire une histoire ? Je la lirai, puis je rentrerai dedans et elle serait peut-être ma maison. J'aimerais avoir une maison-histoire.* »

Olivier, quelle profonde histoire d'amour pourrais-je t'écrire, dont tu ferais ta maison ?

Quelle profonde histoire d'amour pourrais-je t'offrir, tissée de mots limpides comme eau lustrale pour ton baptême de la tendresse, de soleils voguant vers tes matins à éclore, d'appels dans un immense regard contenus, de prières comme ciel penché pour glisser son azur sous tes paupières closes, et te garder vivant, afin que, pour toi aussi, l'Amour Soit.

Milad a des milliers de cœurs pour maison. Pour toi, je voudrais en ouvrir autant... et encore plus.

Je voudrais t'ouvrir la tendresse, comme se déplie l'aurore après toute nuit.

Je voudrais...

Mais sans Marwan je ne peux rien pour toi.

Demain, s'il nous est permis de t'approcher, je le laisserai seul, près de toi.

Tu connais sa voix.

Il te dira : « C'est moi, Papadi, ton ami pour de vrai. »

Et tu l'entendras.

★

Ce soir, j'ai longuement écouté les parents de Marwan. Que facile et entière est la réconciliation lorsqu'on aime ses enfants.

Eux aussi t'attendent, Olivier. Quand tu viendras les voir, ils te feront fête. Tu es dans leur cœur depuis si longtemps.

Auprès d'eux, tes rêves auront moirure d'herbe au printemps.

Entre tes mains jointes, ils coulisseront des prières, pour que ton cœur devienne sanctuaire.

Et de même que chez nous, pour la douceur et l'onction d'une caresse, on parfait de myrrhe le corps d'un nouveau-né, ils lisseront ton âme, pour lui redonner une enfance toute parfumée d'ailes et de chants.

Ils t'ouvriront leurs bras où sont blottis, ce soir, Nayla, Marwan et Rania.

Quand ils regardent Marwan, ils te voient, non plus infirme, non pas dormant de ce sommeil de plomb, comme une errance dans le désert, mais radieux comme une renaissance.

« Je lui parlerai, répétait encore Marwan, quand je les ai quittés. Je lui parlerai. Je lui dirai... Oh ! il faut que je lui dise que je suis son ami, que je ne veux pas qu'il meure. Dis-moi, Maman, dis-moi, Papa, vous croyez qu'il m'entendra ? »

⋆

Je me doutais bien qu'il ne nous serait pas aisé d'approcher Olivier.

Il fallut insister, attendre que sa mère en réfère au médecin, vaincre leur scepticisme, peser le pour et le contre... Après tout, nous n'étions que des inconnus et, qui plus est, des étrangers.

A pas réticents, sa main crispée dans la mienne, Marwan s'était approché de la mère d'Olivier.

« Voilà, bégaya-t-il, déglutissant avec peine, je suis l'ami d'Olivier. Je ne l'ai pas vu depuis plusieurs jours, alors je me suis inquiété, j'ai cru qu'il était grippé, j'ai été chez lui, et la concierge m'a dit qu'il avait eu un accident. S'il vous plaît, laissez-moi le voir. »

Un accident !

Je me rendis compte que c'était bien là ce que tout le monde croyait :

Un accident.

Une tuile de plus dans l'assommante série des extravagances d'Olivier.

Ô silence du désespoir, meule attachée au cou d'un petit être qui n'a d'autre choix que de couler.

« *Viens tout de suite, avait-il écrit à Marwan. Je ne peux pas te téléphoner, ils m'entendront, ils ont dit qu'ils allaient m'attacher si je faisais encore des bêtises. Ils ont fait ma valise, demain à midi ils me prennent au train, je pleure beaucoup, ils font semblant de ne rien voir, je ne sais pas ce que je vais faire, je ne veux pas partir, viens, tu as juré, je vais dire que je vais acheter une bande dessinée pour le voyage et je vais t'envoyer cette lettre. Viens, Papadi, viens demain matin, viens vite, je ne veux pas partir, j'ai peur, tu as juré, on partira ensemble ou on va mourir ensemble, viens vite, peut-être que tu me diras ce qu'il faut faire, peut-être que tu leur diras qu'il faut qu'ils me gardent, peut-être tu demanderas à Dieu et à la Sainte Vierge qu'ils me gardent, demande-leur et viens.* »

Cette lettre, à l'écriture étirée comme une longue plainte, Marwan la reçut trop tard.

« J'aurais dû aller mourir avec lui » confia-t-il à sa sœur, avant de s'enfermer dans un mutisme farouche. « J'ai juré et je l'ai laissé seul, et maintenant, à cause de moi, il est peut-être déjà mort ».

Olivier, à bout de larmes et d'attente, quitta la maison avec sa mère. Ils déposèrent sa valise dans le coffre de la voiture et...

Que se passa-t-il au plus creux de son désarroi ? Espérait-il faire fléchir sa mère, ou voulut-il vraiment mourir ? Toujours est-il qu'il s'élança sur la chaussée où il fut renversé par une voiture.

Un accident.

Que dire à ses parents ? Ils étaient là, prostrés, se posant des questions parallèles au désespoir de leur petit garçon :

« Va-t-il émerger de son coma ? Combien de temps cela risque-t-il de durer ?... »

Et je me demandais :

« Voudra-t-il émerger de sa nuit ? Entendra-t-il les appels de son Papadi ?... »

Étrange que son seul recours ne fut autre qu'un petit garçon, aussi impuissant que lui à résoudre son problème.

N'y avait-il pas un adulte, dans son entourage, vers qui il aurait pu se tourner avec confiance ?

« Impossible d'inculquer à Olivier le sens des responsabilités, déplorait Philippe. Il aurait dû inspecter la rue avant de traverser. Nous ne comprenons d'ailleurs pas pourquoi il a voulu traverser. Il était si imprévisible. »

Il était...

Pourquoi parler de lui au passé ? implorai-je en silence. Il est là. Il respire encore. Il lutte peut-être pour recouvrer la lumière. Il appelle, peut-être. Il vous appelle, vous, ses parents, vous, qu'il ne voulait pas quitter. N'avez-vous rien compris à ses larmes ?

« *Je pleure et ils font semblant de ne rien voir.* »

Qu'il est facile d'assimiler l'insistance d'un enfant à un caprice.

Qu'il est facile de traduire son ultime révolte en accident.

Vous avez regardé Marwan comme s'il était tombé de la lune :

« Un ami d'Olivier ? »

« Olivier n'a jamais pris la peine de se faire des amis, s'étonna Philippe. Il est plutôt sauvage, comprenez-vous ? Il ne nous disait jamais rien. »

Rien, ses cris, ses samedis d'errance dans Paris, ses mensonges, ses cartes postales mouchetées de « répondez-moi, s'il vous plaît » ?

Rien, ses supplications pour rester auprès de vous ?

Rien, cette valise qu'il vidait au fur et à mesure que sa mère la remplissait, jusqu'à ce qu'une raclée, une de plus, le fît appeler Marwan au secours ?

Ô parents, que vous faut-il pour comprendre le langage de vos enfants, une analyse de spécialiste ou un décodeur automatique ?

« Je SUIS son ami, insista courageusement Marwan. Nous passons les samedis ensemble, et en classe, nous sommes assis à côté l'un de l'autre. Je voudrais lui parler.

— Les visites sont interdites, dit tristement la mère d'Olivier. De plus, il n'est pas en état de t'entendre.

— Je sais, dit Marwan. Mais... il n'a plus rien à

perdre, n'est-ce pas ? Alors, je vous en prie, laissez-moi lui parler. »

Ô prodigieuse intuition des enfants qui va droit au cœur des choses.

Ce « plus rien à perdre » de Marwan fit fondre la résistance de cette maman, qui n'en pouvait plus, elle aussi, d'attendre à la porte de la mort.

Lasse de ne pas comprendre, elle s'abandonna à son chagrin, répétant d'une voix sourde :

« Il n'avait aucune raison de traverser. Pourquoi, mais pourquoi l'a-t-il fait ?

— Vous l'aimez ! » s'extasia Marwan.

Et son visage s'éclaira d'espoir.

« Vous l'aimez ! »

Mais elle ne comprit pas.

« Quelle question ! s'offusqua-t-elle. Bien sûr que je l'aime ! C'est mon fils, il sait que je l'aime.

— Non, dit Marwan. Les enfants, il faut leur dire qu'on les aime. Ils ne peuvent pas toujours tout deviner tout seuls.

— Tu ne sais pas de quoi tu parles, répliqua-t-elle, et sa voix se brisa. Olivier... c'était... tu es trop petit pour comprendre.

— Il s'en sortira, murmurai-je.

— Qu'en savez-vous ? cria-t-elle. Êtes-vous médecin ?

— Non, dis-je doucement. Je suis prêtre.

— Nous n'avons pas besoin de prêtre, assura-t-elle.

— J'accompagne Marwan. Il me l'a demandé.

— Ah ? Olivier ne nous a jamais parlé de lui. Je n'ai jamais entendu ce nom. Ce n'est pas un nom français. Êtes-vous sûr que nous devrions les laisser seuls ? »

Oui, j'en étais absolument convaincu.

Je le répétai au médecin, à Philippe, aux infirmières.

J'usai de l'argument de Marwan : « Olivier n'a plus rien à perdre, n'est-ce pas ? Alors... »

Je me mêlais sans doute de ce qui ne me regardait pas, je m'en excusai, alléguant le bouleversement de Marwan et son ardent désir d'approcher son ami.

Son regard suppliant balaya la raison médicale.

Il dit avec une ferveur touchante : « Merci, merci pour Olivier et pour moi. »

Et je vis l'espoir luire dans les yeux de la maman d'Olivier.

*

Mais Marwan eut peur.

Peur de la chambre d'hôpital, des appareils entourant l'étrange lit, des tuyaux, du sérum, des multiples pansements d'Olivier...

De l'immobilité d'Olivier.

« Ce n'est pas lui, dit-il. On dirait qu'il est mort. Je ne peux pas le regarder, ce n'est pas lui. Ou si c'est quand même lui, on dirait qu'il n'est pas là. »

Y a-t-il plus « absent » qu'un être muré dans ses blessures, qu'elles soient de l'âme ou du corps ?

Olivier n'était pas là, en effet. Ses cheveux frangeaient d'or son front lisse comme un silence lointain. Ses paupières, cernées de mauve, ne disaient pas le sommeil, mais repliement de l'être que le jour écorche, parce que trop aigu. Il semblait respirer en retrait de son corps immobile.

Où était-il ?

Où errait-il ?

Dans quel labyrinthe, vide de tout lien, de toute voix ?

« Je ne peux pas lui parler, pleurait Marwan. Regarde-le ! Comment veux-tu qu'il m'entende ? Il est si loin.

— Viens, dis-je. Approche ! Il a besoin de ta main. Prends la sienne et dis-lui bonjour. C'est de commencer qui est difficile. Ensuite, écoute ton cœur. Tu l'aimes, n'est-ce pas ?

— Plus que tous mes amis du Liban et presque plus que Nayla et Rania. Avant, je ne le savais pas, mais aujourd'hui, j'en suis sûr.

— Prends sa main et dis-le-lui. Je t'attendrai dehors.

— Non, s'affola-t-il, ne me laisse pas !

— Il le faut, pourtant. Seul tu trouveras mieux les mots qu'il aimerait entendre. Je reviendrai très vite.

— Tu crois qu'il m'entendra aujourd'hui même ?

— Je ne sais pas. Mais nous reviendrons tous les jours, jusqu'à ce qu'il ouvre les yeux. Ses parents aussi lui parleront. Si nous ne croyons pas à son retour, si nous ne le lui disons pas, où trouvera-t-il le désir et la force de revenir ?

— C'est vrai, mais s'il te plaît, prie très fort en

m'attendant. Et s'il te plaît, peux-tu le bénir avant de t'en aller ? »

Le bénir ? Je l'avais fait des milliers de fois depuis la veille. Je l'avais étreint des milliers de fois depuis la veille.

J'aurais voulu l'arracher à ce lit d'hôpital et l'emporter loin de ses meurtrissures, de sa douleur, de sa peur, de son obsession, de sa mort... et le déposer dans sa famille retrouvée, dans sa maison retrouvée, une maison comme celles que dessinent les enfants heureux, avec un grand soleil au-dessus du toit et des fleurs sur le chemin qui y mène.

Un seul chemin, dans les dessins d'enfants heureux, qui prolonge la porte d'entrée et s'étire comme banderole de fête...

Un chemin où les pas ne peuvent que danser.

*

J'allai me recueillir dehors, sous les arbres.

J'allai parler à Olivier, de loin.

Mais ma prière s'enflait d'une immense amertume.

Dieu, que faisons-nous de Ta tendresse ?

Que faisons-nous pour les enfants des guerres, des régimes politiques qui les fanatisent, les dépouillant ainsi de toute humanité, des idéologies qui les placent en première ligne des combats ?

Que faisons-nous pour les enfants qui naissent drogués, contaminés... pour les enfants battus, violés, prostitués... ?

Pourquoi faut-il ajouter, à cette liste ignominieuse, les enfants qui, au départ, sont supposés tout avoir pour être heureux : une maison, une belle santé, la paix… tout, sauf l'amour de leurs parents ?

Ah ! pourquoi les mettons-nous au monde, sans leur donner la vie ?

Combien d'enfants mendiants errent, de par le monde, mains désespérément tendues pour une goutte d'amour ; une goutte où puiser conscience d'exister et abreuver leur soif d'un regard ?

Combien d'Olivier, dans tous les hôpitaux du monde ?

Olivier cherchant refuge sous son lit, lorsque ses parents se lançaient accusations et objets par-dessus sa tête.

Olivier, terrifié par leur violence, leurs menaces de départ, leurs claquements de portes : « *Où elle est partie, Maman ? — Elle est partie, c'est tout.* » « *Où il est parti, Papa ? — Il est parti, c'est tout.* »

Olivier, blessé à la jambe, blessé au bras, blessé à la tête... blessé chaque fois un peu plus profond au cœur.

Olivier implorant pardon d'être venu au monde : « *Peut-être qu'ils auraient préféré que je ne sois pas né.* »

Olivier, casseur, tapageur, bagarreur : « *Qu'ils me regardent, à la fin.* »

Olivier, sans force autre que sa révolte, s'imposant à Marwan pour trouver repère et voix, dans l'immense vide de ses deux maisons.

Olivier, glaneur de rêves, dans les rues de Paris.

Olivier, mordant le bras de Philippe, à pleine rage, comme pour donner prise à ses supplications.

Olivier se roulant par terre, répandant son cri aux quatre coins du silence, dense comme larmes rentrées, à l'orée de la mort.

Olivier, traversant la chaussée, les yeux ouverts sur tant de vertige happeur.

Olivier, traversé d'aiguilles et de tuyaux, les yeux fermés sur trop de vide morcelant...

Où a-t-il déniché tant de duplicité, d'opposition, d'insolence, d'entêtement, de déraison... sinon dans sa quête de tendresse ?

Pourquoi les enfants font-ils un tel drame de la séparation, des remariages ou des multiples liaisons de leurs parents ?

Pourquoi ne s'en font-ils pas une raison ?

« Nous avons le droit de refaire notre vie. Nous avons le droit d'être heureux. Que veulent-ils, à la fin ? »

Refaire sa vie... Étrange expression... On ne refait pas sa vie, on la continue, autrement. Et, à tout prendre, peut-on la refaire sur l'écartèlement de ses enfants ?

S'ils se sentent, s'ils se savent aimés, ils comprennent et pardonnent beaucoup de choses. Mais il est monstrueux de leur parler raison en leur écorchant le cœur.

Il est monstrueux de les mettre au monde en leur fermant les portes de la vie.

Et comment sauraient-ils qu'ils sont enfants de Dieu, dépositaires de sa paix et de sa lumière, s'ils ne se savent même pas enfants de leurs parents ?

Olivier, ma prière pour toi est maison, dessinée avec un rayon d'amour. J'évase un grand soleil, au-dessus du toit, et d'un trait aussi léger qu'une enfance heureuse, je trace un chemin, un seul, ruisselant comme source.

La vie, sais-tu, est chant multiple pour une seule source. Mais, pour donner pleinement, il ne faut voir les êtres et le monde qu'à travers la transparence.

Il faut s'abreuver d'essentiel pour savoir donner à pleine main.

Ce n'est pas moi qui le dis, mais toutes les moissons du monde... C'est tous les vrais parents, en communion avec les pères et les mères qui choisissent d'enfanter par le cœur.

Ils sont nombreux, ceux-là qui renoncent à la douceur d'un foyer, pour vous donner regard en semailles, et pages de bonheur à énoncer chaque matin.

La vie, Olivier, la vraie vie, est une histoire d'amour. Mais comment le saurais-tu, toi dont les saisons vont à rebours de la tendresse ?

Ô parents, si libérés de l'enfantement, « qu'avez-vous fait de vos enfants ? » vous demandera Dieu, à la porte du paradis.

Malheur à ceux qui auront à répondre :

« Seigneur, nous les avons faits répandeurs de haine et de mort. Nous les avons faits fabricants ou vendeurs d'armes, tueurs, distributeurs de drogue, insatiables de pouvoir et d'argent... »

Malheur à ceux qui auront à répondre :

DEUX MAISONS POUR RIEN

« Seigneur, nous les avons laissés seuls dans le désert. Seigneur, nous les avons laissés mourir, parce qu'ils entravaient notre liberté. »

★

Olivier, je l'appris plus tard, fut un bébé-accident. Il vint, trop tôt, contrecarrer la liberté et le bien-être de ses parents.

Le crime d'Olivier fut de s'être annoncé alors que personne ne l'attendait. On pensa d'abord le tuer, puis on le garda pour des raisons obscures, on se maria pour des raisons non moins obscures... et on le lui fit payer chèrement.

Il avait gâché la jeunesse de ses parents, l'insouciance d'une union libre, avide de jouissances immédiates, de sorties pour être dans le vent, de foyer-passage (très mode !), d'interminables discussions (très branché !) où, devant un verre, on fait la revue du monde ; ce monde sans foi ni loi (quelle libération !) où la raison du plus fort, du plus habile, du plus dépourvu de scrupules est, cela n'est que justice, toujours la meilleure.

Un enfant, vous comprenez, c'est parfois amusant, parfois attendrissant, souvent encombrant.

Un enfant, c'est surtout des problèmes.

Depuis que les psychiatres, les psychologues, les pédiatres, les éducateurs, la télévision, les fabricants de modes, de jouets, de gadgets, de bandes dessinées, d'historiettes et de contes leur donnent tant d'importance, ils jouent de l'insatisfaction, du marasme, de la révolte, de la revendication, de la paresse, des fugues, du vandalisme...

Ils jouent aussi du silence et de la mort, un comble, alors que plus personne ne leur conteste la liberté d'expression.

Seigneur, nous leur donnons la liberté et voyez ce qu'ils en font : ils ne l'utilisent que pour narguer le monde.

La plénitude d'être, les enfants ne peuvent se la fabriquer à partir de jouets, d'argent de poche, de télévision en veux-tu en voilà, de vacances au bord de la mer, de permissivité, de familles fragmentées, d'absence des parents.

Le vrai bonheur sourd du plus intérieur de l'être, et la liberté est avant tout AMOUR, avec tout ce que cela comporte de regard, d'accueil, de respect, d'apprentissage du beau, du vrai et du bon, d'entraide, de foi, de connaissance, d' « être avec » soi-même, les autres et le monde, d'être habité de grâce pour recevoir, donner, célébrer, et aller vers toujours plus de clarté, toujours plus de Vie.

Ô Dieu, que nul enfant ne meure qu'il n'ait connu, par Tes créatures, Ta tendresse.

*

Je posai ma main sur l'épaule de Marwan. Il se retourna avec, dans le regard, une lumière que je ne lui connaissais pas.

« Chut ! fit-il. Il dort encore, mais il m'a entendu, je le sais, je le sens. »

Je m'agenouillai auprès de lui et contemplai le visage d'Olivier. J'espérais un frémissement de ses paupières, une esquisse de sourire sur ses lèvres entrouvertes.

« Il est beau, dit encore Marwan. Je ne savais pas qu'il était si beau. Il ne peut pas mourir, puisqu'il n'a plus de colère.

— Plus de colère », répétai-je avec une infinie reconnaissance.

Que perçoivent les enfants avec une clarté qui les mène droit à la vérité, et que nous ne savons plus décrypter, faute de regard cœur à cœur ?

Plus de colère.

Je ne connaissais pas le visage de rage d'Olivier. Je ne connaissais que son écriture, d'abord ronde et appliquée, pour s'amuser, parce qu'il s'ennuyait, puis serrée, comme étouffée par la clameur de sa révolte, et enfin étirée sur sa plainte et ses supplications : « *Viens, j'ai peur, viens vite, viens tout de suite.* »

Ces lettres me brûlaient l'âme, qui cherchaient écho à son appel : « *Quand je suis chez mon père, j'écris à ma mère, quand je suis chez ma mère, j'écris à mon père, ils ne m'ont jamais répondu.* »

« Ne lui as-tu jamais écrit ? demandai-je à Marwan.

— Si, pour son anniversaire. Je lui ai demandé ce qu'il voulait comme cadeau, parce que je n'ai jamais été chez lui, et que je ne sais pas ce qu'il a et ce qu'il aime. Il m'a dit : “ Je voudrais une lettre. ” J'ai dit : “ Mais ce n'est pas un cadeau ! ” Il a dit : “ T'es cloche ! C'est MON anniversaire, je suis libre d'inventer les cadeaux que je veux. ” Maman lui a offert des livres, elle pensait qu'un infirme qui ne pouvait pas courir lisait beaucoup, et moi, je lui ai offert un joli bloc-notes dans une boîte avec des enveloppes. Ça lui a fait plaisir.

— Et tu lui as écrit ?

— Oui, mais pas comme il voulait, c'est ce qu'il m'a dit.

— Te souviens-tu de ta lettre ?

— J'ai écrit que j'aimais bien me promener avec lui, que je lui souhaitais un joyeux anniversaire et, tu sais comment on dit chez nous, qu'il puisse fêter chaque année dans le bonheur et la paix, et qu'un jour il ne sera plus malheureux chez lui. Il a dit : " Ce n'est pas une lettre comme ça que je voulais. Ton cadeau, il est tordu, mais c'est mieux que rien, parce que c'est quand même une lettre. " Mes parents lui ont envoyé une carte d'anniversaire. Il a dit : " Ça, ça me plaît. Tu aurais quand même pu m'écrire que tu étais mon ami. "

— Et ses parents ?

— Je lui ai demandé, mais il n'a rien voulu me raconter. S'il avait eu une fête, il l'aurait dit.

— C'était quand, son anniversaire ?

— C'était il y a deux semaines. Il a eu dix ans. Ce jour-là, il n'a pas arrêté de répéter que la vie était dégueulasse. Dis, pourquoi son papa n'est pas là ?

— Son père est en voyage, dit la mère d'Olivier. Il arrive demain. Excusez-moi, je... je rentrais et j'ai entendu la question de cet enfant. »

Avait-elle entendu autre chose ? Elle regarda longuement Marwan, fut sur le point de lui parler, mais elle se ravisa et demanda d'une voix d'enfant angoissé :

« Père, pourriez-vous m'accorder un entretien... tout de suite... s'il vous plaît ? »

*

Penchée sur Olivier, elle lui caressait les cheveux d'une main hésitante.

Marwan s'arrêta sur le seuil de la chambre et s'extasia :

« Oh ! regarde ! C'est sa maman. Tu crois qu'Olivier sent sa main ? »

Elle se retourna et tendit ses bras. Marwan courut s'y blottir, fou de joie et d'espérance.

« Si on lui parle tous les deux, il va sûrement se réveiller. Si vous saviez combien il vous aime. Il disait tout le temps : " Je veux qu'elle me regarde. " Si seulement il pouvait voir que vous le regardez !

— Que disait-il encore ? »

Mais Marwan, soudain effrayé, balbutia :

« Rien. Il ne me disait rien d'autre. »

Elle se tourna vers moi :

« Est-il possible qu'un enfant s'exprime ainsi ? »

Mais elle connaissait la réponse. Elle prit la main d'Olivier et la serra très fort.

« Un enfant, dit-elle, c'est un tel mystère. S'il meurt, je ne me le pardonnerai jamais. Mais il était si difficile. Nous ne savions par quel bout le prendre. Qu'avait-il besoin de traverser la rue, alors qu'il n'avait qu'à monter en voiture ? Il était si imprévisible.

— Non, dit Marwan. Il n'est pas difficile. Il est malheureux, c'est tout.

— Oh ! fit-elle, choquée par le ton de Marwan. Qu'en sais-tu ?

— J'en sais beaucoup, puisque je suis son ami.

— Es-tu vraiment son ami ? demanda-t-elle, perplexe.

— Oui, affirma Marwan. Je ne savais peut-être pas combien, mais je SUIS son ami. La preuve... »

Il se tut, affolé, et poursuivit en libanais :

« La preuve, c'est moi qu'il a appelé. »

Il enchaîna très vite, en français :

« La preuve, je suis là.

— Père, dit-elle, hier vous m'avez rendue à mon fils. Mais tant de choses me restent cachées que vous et Marwan semblez connaître. Croyez-vous qu'il accepterait de me raconter leur amitié ?

— Non, s'insurgea Marwan. Je ne dirai rien avant qu'Olivier se réveille. Je ne parlerai que s'il veut. »

Il se jeta dans mes bras et implora :

« Aide-nous, s'il te plaît, parle-lui avec moi. Il n'en peut plus d'être seul, et moi, je n'en peux plus d'attendre. »

*

J'étais en tournée de conférences lorsqu'Olivier se réveilla.

A mon retour, j'appris la nouvelle par un mot de ses parents qui m'invitaient à passer le voir chez sa mère. Je m'y rendis aussitôt.

« C'est toi, jubila Marwan lorsque j'entrai dans la chambre. J'avais parié que tu viendrais aujourd'hui. »

La pâleur, les yeux fiévreux, le faible sourire d'Olivier m'inquiétèrent. Il se souleva sur ses coussins et me tendit la main. Imitant Marwan, il me tutoya d'emblée :

« Mon papa vient me voir tous les deux soirs, dit-il d'une voix à peine audible. Et Marwan aussi, et il va continuer à passer les samedis avec moi. Et ses parents sont aussi venus, avec Rania et Nayla. C'est chouette qu'ils viennent tous, rien que pour moi. C'est vrai que tu venais me voir à l'hôpital ?

— Oui, c'est vrai.

— C'est vrai que tu as parlé avec mes parents et que vous êtes devenus des amis ?

— Oui, c'est vrai aussi. »

Il se tut, rêveur, lointain, trop lointain, et l'angoisse m'étreignit le cœur.

Il n'avait plus de colère, mais autre chose de bien plus grave, une espèce de torpeur qui n'était, en fait, qu'une profonde « absence ».

Pas plus que sur son lit d'hôpital, Olivier n'était là.

Il souriait, répétait que c'était chouette qu'on vienne le voir, comme étonné qu'on prenne toute cette peine.

« Il ne va pas bien, m'avait dit sa mère en m'accueillant. Il m'échappe totalement. Il n'y a qu'avec Marwan qu'il semble se livrer un peu. Ils passent des heures à chuchoter, et encore, c'est surtout Marwan qui parle. Je donnerais cher pour entendre ce qu'il lui dit... ce qu'ils se disent. »

Je pris la main d'Olivier et la serrai doucement. Il sembla sur le point de parler, hésita, regarda Marwan qui lui fit « oui » de la tête et se décida enfin :

« Je peux te demander quelque chose ?

— Oui, dis-je gravement.

— Tu as lu mes lettres. Quand Marwan me l'a dit, je vous ai détestés, tous les deux. J'ai cru qu'il m'avait trahi. Mais il a dit que c'était pour me sauver. De quoi est-ce que tu veux me sauver ? »

Que répondre à cela ? Manifestement, c'est à lui-même qu'il se posait la question. Il enchaîna d'ailleurs rapidement :

« Marwan m'explique des choses... Il pense que je devrais dire à mes parents que ce n'était pas un accident... que je l'ai... que je l'ai fait exprès. Il pense qu'on a assez menti, qu'on n'a pas le droit de ne pas dire toute la vérité. Il jure qu'ils comprendront, mais s'ils savent, je pense que de nouveau ils ne m'aimeront plus. J'ai fait quelque chose de très grave. Toute ma vie, j'ai fait des choses très graves. Ils vont me punir, ils vont redevenir comme avant. Marwan, il ne sait pas, il ne peut pas savoir. Je suis fatigué, il ne faut plus qu'on m'explique, rien, rien du tout. Je veux dormir, dormir, toujours. »

Non, ce n'était pas à moi qu'il s'adressait. Il poursuivait un monologue intérieur dont je ne saisissais que l'extrême solitude. Dans quel labyrinthe errait-il encore ?

« Olivier, mon tout-petit », commençai-je...

Mais je ne pus poursuivre.

Je savais que la peur l'accompagnerait encore longtemps... en morsures aiguës au moindre reflux de ses parents.

Je savais qu'il lui était impossible d'évoquer cet « avant » sans s'y couper de partout.

Pour avoir le sens du bonheur et de la tendresse en toujours, il faut toute une enfance d'eau vive et de soleil.

Je lui tendis les bras. Il ferma ses yeux fiévreux et sembla se tasser sur ses coussins, puis, d'un mouvement brusque, comme on se jette à l'eau, il vint se blottir contre moi et posa sa tête sur mon épaule.

Qu'il était frêle et léger !

Frêle et tremblant comme un moineau sous la bourrasque.

Marwan mit un doigt sur ses lèvres et sortit sur la pointe des pieds.

« Mes parents, pourquoi est-ce qu'ils me regardent comme ça ? murmura Olivier. Ils me regardent d'une drôle de manière, comme si... comme si... ils ne me connaissent pas.

— Ils te découvrent, petit moineau. Ils te feuillettent, jour après jour. Tu es si neuf pour eux.

— Ils me feuillettent ? Comment ils me feuillettent ?

— Comme une histoire d'amour.

— Oh ! mais je ne suis pas une histoire comme... comme tu dis.

— Mais si, assurai-je. Une merveilleuse histoire.

— Pourquoi ils ne me l'ont jamais dit ?

— Donne-leur le temps... » commençai-je.

Mais il me coupa :

« Je n'ai pas le temps. Marwan m'a dit que tu m'aimais. Il l'a juré. Alors, dis-moi que tu m'aimes. Je voudrais que tout le monde me le dise, tous les jours. Je voudrais être sûr qu'on m'aime. Tu sais, je ne l'ai pas fait exprès. J'ai traversé pour qu'elle me coure après, pas pour mourir. Je n'ai jamais voulu m'enfuir pour de vrai. Je disais ça comme ça, parce que j'étais tout le temps en colère. Je voulais qu'elle ait peur et qu'elle me ramène à la maison. Je voulais qu'elle ait peur comme moi. Je n'ai pas vu les voitures. Après, je ne pouvais plus m'arrêter. Et maintenant, rien que d'y penser, je meurs de peur. »

Il revenait de si loin.

Il devait remonter son enfance à rebours du temps et recouvrir d'oubli sa plongée dans la mort.

Oublierait-il jamais ?

Il souleva son bras encore recouvert de bandages et dit :

« Tu sais, c'était terrible là-bas. Quand je suis revenu, c'est la voix de Marwan que j'ai entendue en premier, et elle était si loin. Parfois, quand Maman me parle, j'entends sa voix de très loin et je crois que je suis encore là-bas. »

Il frissonna violemment et soudain ne fut plus que sanglots.

Je le serrai contre moi.

Il revenait de trop loin.

De cette nuit noire qui coupait de tout et surtout de soi-même.

Il lui fallait renaître du cœur de sa mère.

Il lui fallait redevenir grain et aspirer à la lumière.

Je le portai hors de la chambre. Je cherchai sa mère. Aidée de Marwan, elle préparait le dîner.

« Qu'y a-t-il ? s'alarma-t-elle... Pourquoi pleure-t-il ainsi ? S'est-il fait mal ? Que puis-je faire ? »

Je déposai Olivier dans ses bras. Il s'y abandonna avec une plainte d'oiseau blessé à mort.

« Que puis-je faire ? répéta-t-elle. Dites-le-moi, Père. Je ferai n'importe quoi. »

Elle savait.

Elle n'avait pas cru à l'accident.

Comme Olivier, elle avait peur, et cette peur maintenait Olivier dans les ténèbres.

« Vous êtes sa mère, dis-je très doucement. Je vous en prie, remettez-le au monde. »

*

Il dériva pendant des jours...

Il fallut éloigner Marwan et sa petite sœur.

Il parlait de « là-bas » avec une épouvante qui glaçait ses parents.

Lorsqu'il était plus calme, il réclamait une « histoire d'amour » et personne n'y comprenait rien.

Ce fut Philippe qui me téléphona :

« Père, nous abusons sans doute, mais pourriez-vous venir ? »

Lorsque j'arrivai, il se débattait contre...

Contre quoi, au juste ? Lui seul pouvait le dire.

Je posai ma main sur son front moite et brûlant.

J'aurais voulu avoir une main de mère.

Une main d'eau et de brise.

Une main de prières en sources.

Une main de mots essentiels...

Une main d'âme pour une remise au monde à partir du ciel.

Ô mains des mères en semailles d'apaisement, sillonnées de saisons comme terre ombrée d'épis quand passent les soleils, apprenez-nous la gestuelle sourcière qui porte les enfants jusqu'à l'extrême de la tendresse.

« Je ne veux pas qu'il meure ! » suppliait la maman d'Olivier.

La même petite voix angoissée, la même intonation que Marwan à l'hôpital.

« De quelle histoire parle-t-il ? poursuivit-elle. Si vous le savez, dites-le-moi, je vous en prie. Je ne demande qu'à la lui lire, si cela peut l'apaiser. Oh, Père, c'est mon fils et je ne le connais pas. Qu'a-t-il accumulé durant toutes ces années, et surtout depuis son... accident, qui m'échappe à ce point ?

— Il s'inquiétait de la manière dont parfois vous l'observiez, son père et vous. Je lui ai dit que vous l'effeuilliez, jour après jour, comme une histoire d'amour. Mais pour que cela soit vrai et qu'il le croie, imprimez-la dans son cœur, avec les battements du vôtre. C'est maintenant que vous souffrez pour lui et que vous luttez pour lui garder souffle, que vous lui donnez âme qui le gardera vivant.

— Ah ! fit-elle, c'est donc cela que vous vouliez me dire, l'autre jour ? Père, j'y mettrai toute mon âme et j'en inscris promesse sur son front. »

*

« Je vais en vacances chez mes grands-parents, me téléphona Olivier au début de l'été. Devine qui vient avec moi ?

— Marwan ?

— Tu triches ! Tu le savais déjà ? Mes parents te l'ont dit ? On y va pour trois semaines. Tu m'écriras ?

— Tu ne pars pas pour très longtemps...

— Même si j'y allais seulement pour un jour, tu m'écriras quand même ?

— D'accord, je t'écrirai.

— Tu sais, j'ai un peu peur de partir... des fois qu'ils m'oublieraient un peu...

— Ils t'écriront, eux aussi.

— Je sais, ils l'ont promis, mais parle-leur de moi de temps en temps. Ne les laisse pas m'oublier. »

Que ta convalescence fut longue, mon petit chercheur de regard !

Que tu demeures fragile, mais que tu deviens sage, si profondément !

Ton enfance ballottée, tu me l'as longuement racontée, parfois sans avoir l'air d'y toucher, en rappels saccadés, en « pourquoi », surtout, qui n'appelaient pas réponse, mais restaient étonnement douloureux, comme tout regard d'enfant qui ne comprend pas, qui ne comprendra jamais pourquoi on lui écrabouille le cœur.

*

Ce soir, je relis ta première lettre de vacances, où je vois poindre un grand soleil.

Cher Abouna,

Je t'appelle Abouna, parce que Marwan t'appelle comme ça. Aujourd'hui, j'ai reçu une lettre de mon papa et une lettre de ma maman, ils ne m'écriront jamais ensemble, mais ça ne fait rien, parce que comme ça j'aurai chaque fois deux lettres au lieu d'une, et puis en plus, ils ont téléphoné.

On est très contents ici avec Marwan, mes grands-parents nous aiment tous les deux pareil. Marwan ne veut plus que je l'appelle Papadi et il ne veut plus que je lui dise qu'il est débile, et moi je lui dis que c'est dommage parce que j'aime bien avoir un frère qui s'appelle Papadi et j'ai promis de plus l'appeler débile. Viens nous voir, je te montrerai les lettres de mes parents, ils disent qu'ils m'aiment tout plein et ils m'envoient des baisers et des câlins, et tu seras content toi aussi, parce que aussi, moi je t'aime tout plein, et on parle à Dieu et à la Sainte Vierge parce que Marwan il ne dort pas s'il ne leur a pas parlé, et on prie pour que la guerre finisse au Liban parce qu'on veut y aller aux prochaines vacances, ses parents ont promis et mes parents ils veulent bien. Je t'embrasse, écris-moi, j'aime tant recevoir des lettres. Quand je reviendrai, je te dirai beaucoup de choses.

Ton petit moineau qu'il ne faut pas que tu oublies.

Olivier

Merveilleux petit moineau qui pense qu'il suffit qu'on dise à quelqu'un qu'on l'aime pour qu'il soit heureux !

T'oublier ?

Ne sais-tu pas que, toi aussi, tu m'appelles comme une lumière ?

Ne sais-tu pas que lorsqu'on entre dans le cœur d'un être comme dans un sanctuaire, c'est pour toujours ?

Toujours...

Que j'aime ce mot qui infinit la tendresse et donne plénitude ronde à l'instant...

Toujours...

*

Pour toi, Olivier, une nouvelle aube se lève, dont tu ne connais pas encore la lumière pérenne.

Je me souviens de la première fois où tu as joint tes mains pour une prière.

Tu as demandé de si jolies choses pour tes parents, pour Marwan, pour tous les enfants malheureux de la terre. Puis tu as ajouté très vite, comme pour ouater l'intensité de ta requête :

« Seigneur, fais que Papa et Maman m'aiment pour toujours, fais qu' " avant " ne revienne plus jamais. »

Cet « avant » t'a trop lacéré le cœur pour ne pas faire encoche sur ton présent.

Mais aujourd'hui, tu as peur de perdre l'Amour, alors qu'avant, tu avais peur de ne jamais le trouver.

Tout doucement, tu apprendras qu'on ne peut perdre l'Amour.

Quand il est là, il EST, souverainement.

L'auteur abandonne tous ses droits à provenir de la vente de ce livre, au profit de l'Association des

Enfants du Liban
6, allée des Platanes
92150 SURESNES

AUX ÉDITIONS FAYARD
DANS LA MÊME COLLECTION

SUR L'ENFANCE EN AFRIQUE :

Les Enfants de l'Apartheid, Élise Fischer.

Mauritanie : la vie réconciliée, François Lefort et Carmen Bader. (« Mention spéciale » du Jury pour le Prix Gabrielle d'Estrées 1990.)

Mes fils de la rue à Addis-Abeba, Jacqueline Pirenne.

SUR L'ENFANCE EN AMÉRIQUE DU NORD :

La Maison de l'Alliance. Les enfants de la rue à New York, Bruce Ritter.

SUR L'ENFANCE EN AMÉRIQUE DU SUD :

Enfants perdus du Brésil, Henri Engelmann.

Au plus petit d'entre les miens. Les gamins de Colombie, Christophe Pélissié du Rausas.

SUR L'ENFANCE EN ASIE :

L'Enfant du nord-est, Kampoon Boontawe (parution 1991).

Philippines : les Enfants du mépris, Jean Dallais et Élise Fischer.

Les Enfants du Mékong, Jean-Claude Darrigaud et Jean-Claude Didelot.

Les anti-trottoirs de Manille, Jean-Claude Darrigaud (parution 1991).

L'Enfant de la rizière rouge, Sor Sisavang. (Prix Saint-Exupéry/Valeurs Jeunesse 1990, Prix Francophonie 1990, Prix Gabrielle d'Estrées, 1990, Sélection du Grand Livre du Mois, Sélection France-Loisirs.)

Enfances thaïlandaises, Pira Sudham.

Du Mékong à la Seine. Le prix de la liberté, Trân Van Thêu.

SUR L'ENFANCE EN EUROPE :

Enfance meurtrie :

L'Enfant du Bois de Boulogne (lecture exclusivement réservée aux adultes), Alexis. (Sélection du Grand Livre du Mois.)

L'Ortie (lecture exclusivement réservée aux adultes), Arielle Caisne.

Qui me jettera la première pierre ? (lecture exclusivement réservée aux adultes), Christine. (Sélection du Grand Livre du Mois, Sélection France-Loisirs, Sélection « Gabrielle d'Estrées »).

Un prêtre chez les drogués, Pierre de Parcevaux. (Sélection du Livre de Poche.) Traduit en espagnol.

Famille, adoption, divorce :

« Adopte-moi quand même... », Josette Dufour (parution 1991).

Deux maisons pour rien, Père Mansour Labaky (parution 1991).

SUR L'ENFANCE AU MOYEN-ORIENT :

L'Enfant du Liban, Père Mansour Labaky. (Prix de l'Académie des Sciences morales et politiques 1987, Prix Saint-Éxupéry/Valeurs Jeunesse 1987, Prix Francophonie 1987. Traduit en anglais, italien et arabe.

Mon vagabond de la lune, Père Mansour Labaky (« Mention spéciale » du Jury pour le Prix Saint-Exupéry/Valeurs Jeunesse 1988, Prix France-Liban 1988, Prix Lire-Elire 1989.) Traduit en italien et arabe.

SUR L'ENFANCE EN URSS :

Maîtresse, Dieu existe. Les enfants dans l'étau de l'athéisme soviétique, Sergiu Grossu.

AU-DELÀ DES FRONTIÈRES :

Handicaps et santé :

Les Enfants IMC, des enfants avant tout, Catherine Guéroult.
Les Enfants myopathes, Yolaine de Kepper.
Les Enfants « mongoliens », la réponse de l'amour, Jean Toulat.

Survivants et réfugiés :

Leur silence est un cri, Marie-Christine Choquet et Benoît Richard.

QUELQUES OUVRAGES DOCUMENTAIRES ET OUTILS DE TRAVAIL :

Guide Jeunesse, 1 000 mouvements, associations, organismes, centres, foyers, communautés, écoles, François-Marie Algoud.

L'Enfant au travail, Étude du Bureau international du Travail, par Assefa Bequele et Jo Boyden.

Sans toit ni frontière, Les enfants de la rue, Marie-Jeanne Coloni.

Feu sur l'enfance, Élise Fischer.

Des enfants en prison avec des adultes, Katarina Tomasevski.

Pour dialoguer avec les auteurs de la collection
Les Enfants du Fleuve,
composez sur le Minitel :
3615, code EPHATA*EDF.

Cet ouvrage a été composé
par l'Imprimerie BUSSIÈRE
et imprimé sur presse CAMERON
dans les ateliers de la S.E.P.C.
à Saint-Amand-Montrond (Cher)
en janvier 1991

35-28-8444-01

ISBN : 2-213-02672-6

N° d'édit. : 1796. N° d'imp. : 3948-2906.
Dépôt légal : février 1991.

Imprimé en France

35-8444-8